俯仰看人生

陈燕松 著

中国华侨出版社
·北京·

图书在版编目（CIP）数据

俯仰看人生 / 陈燕松著 .—北京：中国华侨出版
社，2018.12
ISBN 978-7-5113-7800-2

Ⅰ.①俯… Ⅱ.①陈… Ⅲ.①散文集－中国－当代
Ⅳ.① I267

中国版本图书馆 CIP 数据核字（2018）第 288622 号

俯仰看人生

著　　者 / 陈燕松
责任编辑 / 高文喆　王　委
责任校对 / 孙　丽
经　　销 / 新华书店
开　　本 / 670 毫米 × 960 毫米　1/16　印张 /14.5　字数 /176 千字
印　　刷 / 三河市华润印刷有限公司
版　　次 / 2019 年 2 月第 1 版　2019 年 2 月第 1 次印刷
书　　号 / ISBN 978-7-5113-7800-2
定　　价 / 38.00 元

中国华侨出版社　北京市朝阳区静安里 26 号通成达大厦 3 层　邮编：100028
法律顾问：陈鹰律师事务所
编辑部：（010）64443056　　64443979
发行部：（010）64443051　　传真：（010）64439708
网　　址：www.oveaschin.com
E-mail：oveaschin@sina.com

自 序

　　人生在世，有许多想法。有的宏大，有的卑微，有的仅是飘忽而过的念头。不管哪种，只要是生长于内心的真实，都值得散发开来。

　　余于人生有诸多体味，喜欢与朋友交流，也常常诉诸笔端。能与热爱生活的朋友，相互激扬生命，砥砺人生，彼此焕发精彩，当是乐事。

　　本集《俯仰看人生》，收录余近四十年散文作品，内容多为人生感悟。人生永远在俯仰之间。唯俯能仰，唯仰才能彰显生命的价值。这点道理，我深信之。

　　本集《俯仰看人生》，企望能实现三个意义。其一，对于青年，当能享受文化人生。中华文化博大精深，圣贤教诲千古传诵。余耕读数十年，圣贤之经典观点，诗词之经典名句，常常充盈心间。倘能与青年朋友分享读书乐趣，余之心愿足矣。其二，对于中年，当能品读百味人生。人生有多条经线，多个纬度，赤橙黄绿，甘苦自知。倘能博得会心一笑，余开怀大慰。其三，对于社会，当能彰显人生价值。古代圣贤之道，现代核心价值，谁能拥有，谁的人生就能出彩。比如"五伦"，父子有亲，君臣有义，夫妇有别，长幼有序，朋友有信；比如"五常"，仁、义、礼、智、信；比如"五行"，博学之、审问之、慎思之、明辨之、笃行之。倘能让"价值"深入人心，则人生渐渐丰满，社会日臻昌明。

本集《俯仰看人生》，开卷有益，不妨读之。

以此代序。

目 / 录
Contents

第一辑　品读人生

第二辑　品味人生

第三辑 诗意人生

第四辑　智慧人生

第五辑　艺术人生

第一辑　品读人生

俯仰之间看人生

中国文化的最高理想人物，

是一个对人生有一种

建于明慧悟性上的达观者。

——林语堂《人生之研究》

人生如花、如梦、如狱、如登山。人生如……道不清，说不明，快乐人生，苦难亦人生。人生就是人生。

人生如花。少时父母之慈爱，长成后妻子之柔怜，老年时孩儿之亲情，乃至朋友的一声问候，同事的一个微笑，皆如花之锦簇，花之温馨，花之烂漫。每当酒后微醺，乐之陶陶，便来一折京腔，或来一段潮音清唱，真个乃天上人间，不虚今生此行。

人生如梦。八十不算老，三十未年轻。醒时路有千条万条，道有千沟万壑；醉时一枕黄粱，不知天高地厚。有时惊险恍若隔世，有时乐极也曾生悲。人生多少事，说来就来，说去就去，来也无影去也无踪。能够记住的姑且记住，未能记住的随之忘却。今年二八，明年八二，如白驹过隙，过就过了罢。

人生如狱。人与人织成网，网多了就成罗，天罗地网，疏而不漏。罗也罢，网也罢，穿梭其间，沦为狱。凡事思前三分，思后三分，上下权衡，左右周旋，便自垒心狱。心狱既成，折皱了人生多少年华。

人生如登山。既知如花，也知如梦，又知之如狱，偏如陀螺，弓背而登人生之山巅。为何？登山者称，山顶看雪峰。诗人言，会当凌绝顶，一览众山小。我说，为了一个过程，为了一次心之皈依。人生年年冬至，岁岁逢春，一步一个脚印。倘若脚印连成一串，人生就走完一个过程。人欲往前走，皆因前程无限风光；人欲高处走，皆因蓝天白云飘悠；为了一个目标，为了一个高点，心自皈依归宗。

人生，不说也罢，权当是一杯酒，且饮之，再细细品尝。

人生自在诗词间

> 黄昏把酒祝东风，且从容。
>
> ——司空图《酒泉子》

　　闲来无事，吟诗诵词，自有一份享受，一份感慨。天地悠悠，如此抬爱吾等，令我平白消受这字里行间的趣味与温柔。

　　少时喜欢读书。喜欢的缘故，大抵是受了"知识就是力量"的鼓动。及至后来，书读多了，见识东西也多了，方知世间很多事物，原本就需积累与铺垫，才能举一反三，融会贯通。宋朝朱熹《观书有感》一诗，道出读的妙处。诗曰："半亩方塘一鉴开，天光云影共徘徊。问渠那得清如许？为有源头活水来。"

　　青年时就读于漳州。每当夜幕降临，便邀三五好友，徜徉九龙江畔。那时真是轻狂，常将龙江比湘江，总有一番"粪土当年万户侯"的豪放。不过，"天下兴亡，匹夫有责"的古训，却时时默记于心，未敢有忘。文天祥《过零丁洋》一诗，赢得众多青年学子深许。"辛苦遭逢起一经，干戈寥落四周星。山河破碎风飘絮，身世浮沉雨打萍。惶恐滩头说惶恐，零丁洋里叹零丁。人生自古谁无死？留取丹心照汗青。"

毕业后走上社会，有了工作，也有了家庭。斗转星移，慢慢有了职位，也有了责任。深觉李大钊先生"铁肩担道义，妙手著文章"，便是一分心迹的写照。在人生旅途上，有收获，也有失落；有快乐，也有无奈。读宋朝县令黄庭坚《登快阁》一诗，竟似高山流水，如遇知音。诗曰："痴儿了却公家事，快阁东西倚晚晴。落木千山天远大，澄江一道月分明。朱弦已为佳人绝，青眼聊因美酒横。万里归船弄长笛，此心吾与白鸥盟。"

当年在芗城，有幸与同事们共同主持建设"林语堂纪念馆"。由于建馆，读了不少语堂先生的书。对语堂先生的做事和为人，极为赞赏，奉为典范。语堂先生一生喜爱"半半歌"，我也深以为然。积极工作，悠闲生活，应是吾辈之座右铭。忙里偷闲之余，对金赵秉文的词，也会吟读再三。"风雨替花愁。风雨罢，花也应休。劝君莫惜花前醉，今年花谢，明年花谢，白了人头。乘兴两三瓯。拣溪山好处追游。但教有酒身无事，有花也好，无花也好，选甚春秋。"

"看到浮云过了，又恐堂堂岁月，一掷去如梭"。读清朝张惠言的词句，叹息这光阴流逝似乎太快了些。唯宋朝张孝祥"世路如今已惯，此心到处悠然"，道出心中曲微。倘若假以时日，我当学元朝张弘范，纵是"千丈红尘两鬓霜"，也只问"茶罢西轩读老庄"。或可学唐朝司空图，"黄昏把酒祝东风，且从容"，亦算是人生一桩美事。

人生浅吟低唱

我本是卧龙岗散淡的人。

——诸葛亮《空城计》

一

春有百花争艳，秋有皓月高挂。夏有习习清风，冬有皑皑白雪。春夏秋冬，各见千秋，日日是好日，天天都能找到我们为之感动的东西。

人生如斯，斯是人生。世间万物原都与我们有缘，皆能为我们生产些许快乐来。常怀感激之心，自有一番快意在心头。

二

有时，也难免遇到一些无奈的事。说是无奈，自然不是我们召唤所至。说来就来，躲，躲不得；避，避不开。影子一样紧随于你，真叫人不喜欢，却也嫌弃不了。

我称它为闲事。

闲事无奈，一旦绕上心头，便浮上一厘阴郁，又总觉得鲜活的心渐渐板结。人生最怕闲事，闲事却老爱追着人生走。

比如，最亲最亲的人患病。所说的病，自然不是一般。似此类事，最好不要来。既然来了，也是没有办法的事，只能真实面对。我们所能做的，就是一份痛苦加上一份辛劳，尽心尽责任，尽量疗治，尽情照顾。

比如，最希望他快乐的人不快乐，不快乐就是有了痛苦。很想为他分忧，为他解愁。有时，安慰无济于事；逗他开怀，又怕落于轻飘；骂他气他怕只能火上浇油；静静默默地，又恐近于漠不关心，煞是为难。为难日久，自己也就跟着痛苦起来。苦上加苦，肯定不会是甜。不过，细细想想，就有了聊以自慰的感觉。反正，你痛苦了，我也并不快乐。

比如，你最喜欢干的事不让你干。要是坏事，那也罢了。但偏偏是好事。你说揪心不揪心？于是，只好假装镇定，演练一遍成熟之态，使人感到你并不看重甚至很不在乎。故作姿态若此，不仅讨厌，而且绝无半点意趣可言。

比如，戴着镣铐跳舞……

比如，开着灯偏又要闭着眼睛接吻……

无奈闲事挂心头。

三

人是真人，禅是非禅。说禅，也只是禅边拾零，于无人处自我无声品味。

有一家子，既售雨鞋又卖凉伞。下雨时凉伞不好卖，天热了雨鞋必定滞销，想想，闷闷不乐不开心。某一天，这一家子受人指点，启蒙之后便悟出道理。雨鞋与凉伞，晴天与雨天，总有愁事，总有好事。摊上事情往好处想，心里就实在了。

有两个和尚，看到一位青年女子过不了河。想背的人不敢背，什么都不想的人背着女子过了河。没背的人老在记挂，已经背了的心却放下了。想与不想，背与不背；想的不背，不想的背；背的放下，不背的记挂。有些事就好比一团麻，一心想解的，肯定解不开。但是，你不妨不去解它，只要把它慨然提起，又轻轻放下，什么事情就可能解决了。

有一句诗，读来了有趣味："竹密岂妨流水过，山高哪碍野云飞？"

四

词云："七八个星天外，两三点雨山前。"

诗云："袖里乾坤大，壶中日月长。"

宋朝词人辛弃疾一生经历之事许许多多，可谓一世奋发，一世悲愤。尽管如此，他在最为困难的时候，仍保持一种乐观、超然的心态。落寞他乡，依然"稻花香里说丰年，听取蛙声一片"。

人的一生，极难上百年，说长并不长。如以日以时算，则该过的日子仍然厚厚叠叠。若论人生事，好事坏事浑然之事，乐事苦事闲来之事，说来就来，尚需历经不少。我们虽不是伟人，也难英雄，但毕竟该过的日子总是要过，该走的路子还得照常走完。如不讲些"袖里乾坤"，如不来点"壶中日月"，只怕今生今世自当万劫不复，抑或无处可逃了。

五

沧桑无数，人生有限。有句话叫作"云淡风轻"。诸葛孔明纵横三国，征战关山，也常常唱"卧龙岗上，我本是散淡的人"。

是的，人生在世，是该散淡些。该来的就让它来，来过的就随它去。想乐就乐，想爱就大大方方去爱。不该记住的，就且提起，再轻轻放下。诚则如是，可坐看云起，一任沧桑。

六

少时读诗，有些忘了，有些想忘则未敢忘。"万紫千红总是春。"有红有紫，有紫有红，春来了，告诉我们的就是有林林总总，才有生机勃勃。"淡抹浓妆总相宜。"浓也好，淡也好，这里抹抹，那边妆妆，只要是随意随趣，就是相宜了。

有一位朋友，实际上也不是朋友，只见过一面。他读过我写的一本书后，回赠给我一本书，扉页题签："大道不惧大佛，大佛何惧大道哉？"这位朋友，我早已回忆不起他的形态，只是这句话，让我真真切切记住了，且越嚼越有味，越有味就越嚼嗟一番，并时时浮上心来。

人生三原色

稻花香里说丰年，

听取蛙声一片。

——辛弃疾《西江月》

人生有三原色，本色、角色、特色。人生处世原则是，按本色做人，按角色做事，按特色定位。

所谓本色，也即本性，比如真实、善良、通达、宽容等。人到世上走一遭，要经历很多人，经历很多事。为人处世第一原则就是真实，表达真情实感，表达真实意见。甜酸苦辣，喜怒哀乐，让人能看到你的外相，也能窥见你的内心。这样，人与人之间相处，就简单得多，纯粹得多。虚伪、阴险、狡诈，应当远离我们人群，远离我们生活。善良，也是人的基本处世原则。我们赤条条来到这个世界，有所食，有所衣，有所居，渐渐成长，自当学会感恩。感恩万物，感恩父母，感恩社会。

人学会感恩，就怀抱善良，懂得"善见"。与此同时，要自觉将善良释放出来，赠人玫瑰，手有余香。通达与包容，也是人的重要处世原则。人生在世，有很多正确，也偶会犯错，没有绝对的是，也没有绝对的非。尊重别人，理解别人，包容别人，你才会广结善缘，为自己创造一个和谐的环境。我们现代人讲"智商"与"情商"，情商是我们快乐生活的基石，也是我们成就事的必要条件。

所谓角色，也即位置。古代人说"食君之禄，忠君之事"。现代人说"职业道德"，说"契约关系"。比如，你身居庙堂，为官从政，你就必须忠于职守，替百姓办事。有一部戏，叫《七品芝麻官》。县官唐成讲得好，"当官不为民办事，不如回家卖红薯"。比如，你当学者，当专家，你就要潜心学问，贡献所学。认真、客观、有用，对每一位学者、专家极为重要。讲认真，就要有科学的态度"穷"其所学；讲客观，就要有比较的态度"究"其真伪；讲有用，就要有真诚的态度为社会做出贡献。当今社会，有些论文东抄西拼，不负责任；有些研究，比如贾母的癖好、焦大的身世、薛蟠的性事等，那对社会又有何益呢？再比如，你当职场中人，你就要恪守其责，听好每一个电话，做好每一份文案。社会每一职业，都有职业道德，都有"契约关系"。

所谓特色，也即特长，或者技能。尺有所短，寸有所长。每一个人，特长不一样，能力不一样。天地上中下，工农商学兵，三百六十行，行行出状元。我们要了解自己，审视自己，对自己有个客观的判断，想干什么？能干什么？画家徐悲鸿选择画"马"，《八骏图》广获社会赞誉；科学家袁隆平选择"杂交水稻"，当种子专家，既为社会创造丰厚财富，个人也获巨大成功。当然，我们每一个人，才识不同，机遇也不同，并非人人都能成名成家。倘若我们才具一般，我们也可选择一份平凡职业，赚些辛苦钱养家糊口，过一份寻常人家的生活。

我听一位朋友说起他的生活。他在剧团当美工，会画些简单的画，写些普通的书法，闲暇也拉拉二胡。他说，工作之余邀三五好友嘬上一餐，来点小酒，日子过得也挺逍遥自在。他常吟的一句诗，令我印象深刻，"壶中日月大，袖里乾坤长"。

人生三种人

人类似分成两种人：

一种是理想主义者，

另一种是现实主义者，

是造成人类进步的两种动力。

——林语堂《一个准科学公式》

人生有三种人，自然人，社会人，法人。人的一生，既当自然人，当社会人，也当法人，都要身兼数职，当好这三种人。

我们是人。我们生活在自然界，自动物演化而来，有欲望也有需求，我们是自然人；我们诞生下来，与你与他需要共处，需要发生各种联系，我们成了社会人；我们来到世界，为了生存需要合作，因为利益必然引起争端，这就必须界定规则共同遵守，于是法律应运而生。在法的天平下，我们都是法人。

我们是自然人。自然界所有的特性，我们一样具备。动物界所有的欲望，我们一样需要。自然属性乃是人的基本特性，不但不可消灭而且永远消灭不了。比如食也性也，比如情也欲也，皆为人之本原，人之天性。正因如此，这个世界拜佛的人多，但立地成佛的人却是极少。坐而论道的人多，但出世登仙的却是极少。我们生活在自然界，自然界的生存规则对我们同样适用。

我们是社会人。同在一片蓝天下，同在一顶屋檐下，于是有了联系，有了交流，有了碰撞，有了和谐。由于生存环境不同，由于历史元素不同，于是有了习俗，有了族异，有了国别。就这样，人与人之间结成群体，群体与群体之间形成阶层，人、群体、阶层就构成了社会。在社会里，除了个性还要共性，除了生存还要共存。人与人相对而存在，彼此之间需要游戏规则，需要普遍趋同的行为标准。就这样，礼俗就产生了，道德就产生了，教化也就产生了。由于族异，由于国别，礼俗就有了差异，道德也各有不同。但不论如何，人生活在社会里，是主观或是客观，都将受到社会的影响及制约。

我们是法人。世界是共同的世界，谁都有谋取生活空间的权利，谁都有获得生存资源的权利。这种权利，与生俱来，天公地道，谁都不能剥夺，谁都剥夺不了。当然，由于付出的不同，这种不同可能是数量的，也可能是质量的，人的获得就必然存在差别。一般说来，付出越多，获得就越多，这就是普遍规则。但是，由于人的欲望的无限扩张，也由于社会客体的有限公正，在付出与获得的过程中，就可能出现不公平现象。因此，为了保障人人都有享用资源的权利，为了保障付出与获得的公平对等，就必须订立法则予以共同遵守，评判是非。法是"利器"，也是"衡器"。对人而言，法具有双重意义，一方面应人的需要而生，另一方面又限制人的需要。从这个意义上说，人人都需要法律保护，人人也都需要守法护法。而当法律成为一种主导精神，人人都有愿望当好"法人"，法治环境就会走向有序而且成熟。

我们是人。我们是从"人的一切"走向"一切的人"。我们每一个人，都将身兼数职，自然人、社会人、法人。我们每一个人，都将履行责任，拥有"身兼数职"的权利与义务。任何一项权利与义务，都必须到位，都不能残缺。一旦残缺，人就会失去生存的意义，社会就将失衡以致崩塌。因此，我们呼唤人性，呼唤道德，呼唤法制。因此，我们都将坚持、坚决、坚定不移地做好自然人、社会人、法人。

人生三重门

竹密岂妨流水过，

山高哪碍野云飞。

——释道原《景德传灯录》

　　人生有三重门，过去门，现在门，未来门。如何对待三重门？简约记住过去门，热情过好现在门，快乐向往未来门。

　　过去门已经过去，这是不争的事实。我们曾经年少无知，认识事物我们只是凭主观的想象以致偏执；我们曾经满怀希望，生活的严峻迫使我们低下头来再做冷静审视；我们有过太多的童真太多的云彩，我们有过太多的美好太多的梦想，我们有过太多的凌云壮志太多的豪言壮语。所有这一切，都已过去，过去。记忆让人幸福，也让人痛苦；记忆让人快乐，也让人无奈。过去的记忆可以留住，但不必深刻，更不必活在记忆里。过去的记忆，我们权当是一支烟、一杯茶、一壶酒。人生旅程，我们总要走上几步，开头虽然重要，但有谁能担保开头的路就一定走对，就一定能走上康庄大道。所以，所以的所以，对于过去，过就过去吧，简单梳理，简约记住，大踏步地朝前走。

我们正面对现在门。就在当下，我们走进现在门。前程依然五彩缤纷，依然杂色横陈，生活丰富而且复杂。对于现在，我们要满怀热情，实实在在过个有温度的生活。我们可以按按胸口，把握感受这个社会的心跳；我们可以摸摸脑袋，思考融入这个社会的想法；我们可以抬抬腿，试试适应这个社会是小步快走，还是慢慢踱着方步。太阳是我们需要的，我们需要阳光与温暖；月亮是我们需要的，我们需要月光与温柔；我们需要云彩，需要彩虹，需要鲜花，需要芳草，需要爱情，需要友谊，需要面包，需要米汤，需要一切能够给我们带来感动与快乐的东西。如果，我说如果，我们有愿望不能实现，有目的不能达到，有需求不能满足，那也不要太过在意。一年四季，自然有春夏秋冬；一年四季，自然有暴风骤雨，自然有阴晴圆缺。只要我们满怀热情去工作、去劳动、去生活，只要我们认认真真过好每一分钟，我们就已足够了。内心高贵，就是最大的高贵；内心快乐，就是最大的快乐。

未来门。是的，人人都有过去、现在与未来。对于未来，我们仍可快乐地想象，快乐地向往。比如，我们可以读读书，让书中人物与我们同甘共苦，一同享受生活。这样，我们就不至于孤独。比如，我们可以看看海，海之蓝，海之帆，海之辽阔，能让我们驿动的心平静下来，舒展开来。再比如，我们可以邀三五好友，围坐火炉，烫上一壶热热的酒，纵论天下。那秦时明月，汉时边关；那唐诗宋词，元曲清说；乃至那老家的井、邻居的狗、田里的蝉鸣，都能成为我们谈话的内容。

天生我材必有用。不论是过去门、现在门还是未来门，只要我们人生不停步、不寂寞，生活有甘苦、有味道，能发出点响声，闹出点动静，就行。

哲学人生

横看成岭侧成峰，远近高低各不同。

不识庐山真面目，只缘身在此山中。

——苏轼《题西林壁》

提起哲学，很多人都认为深奥、复杂。其实不然。哲学最是简单不过。哲学与每一个人都息息相关。换一句话说，人的一生，就生活在哲学之中。

何谓哲学？哲学就是让人聪明的学问。它告诉我们，我们为什么来到这个世界？怎样看待这个世界？能为这个世界干些什么？人一旦降临，就要睁开眼睛，就要认识世界，进入世界，最后消融于世界。对一切事物的看法，对自身的剖析与评判，构成人生学问，构成了世界观。因此，哲学生根、发芽、成长，闪耀智慧的光芒。

一切事物都处于矛盾之中。这是哲学之辩证法的首要观点。

的确，这个世界，到处充满矛盾，到处都是矛盾。国与国之间，民族与民族之间，社会阶层与阶层之间，人与人之间，都充满着矛盾。我们的一生，也充满着矛盾。比如人生选项，是当政治家，当文艺家，或是当科学家，不断判别，不断选择，也不断矛盾。比如，我们有了一笔钱，钱并不多，是选择盖房子还是买汽车？比如，东家郎君帅气，西家少爷有钱，嫁谁？凡此种种说明：其一，矛盾是客观存在的；其二，矛盾分主要矛盾与次要矛盾、其他矛盾；其三，我们必须做出选择，根据个人爱好、条件、能力等择一而定。一切事物，都是在矛盾中发展的。

一切矛盾都是对立统一的。这是哲学之辩证法的关键观点。任何矛盾，都有其两面性或是多面性。矛盾有斗争性，也有同一性，有时在斗争中同一，有时在同一中斗争。所以，我们讲一分为二，我们又讲合二为一。在认识矛盾的对立统一上，我们不能简单以"二元"思维，非此即彼，或非彼即此；我们更多的应以"三元""四元"甚至"多元"思维，此中有彼，彼中有此，也此也彼，也彼也此，才能更客观更准确。比如，我国与一些国家的关系，常常风云变幻，应以"多元思维"来认识矛盾解决矛盾，求同存异或求异存同，斗而不破或有破有立。比如，我们选择人生选项，当科学家，并不妨碍我们研究社会学，并不妨碍有些文艺兴趣。同样，我们选择买房子，也可选择分期付款买车或延期买车。我们选择的只是矛盾的主次，而非矛盾的对立。

一切事物都是相互联系并不断发展的。这是哲学之辩证法的重要观点。整个世界，一切事物的产生都是有成因的，有因才有缘，有缘才有果。一切事物的发展都不是孤立的，总是相互联系的。比如，在中国历史上，合合分分，分分合合，始成中华大一统。有许多民族战争，给人民带来了战乱，带来了灾难。有很多民族英雄，英勇对敌，写下壮丽诗篇。如岳飞抗金，文天祥抗元，黄道周抗清。但与此同时，正是这些民族战争，使中华民族不断磨合凝聚，不断消融同化，才有今天的泱泱大国。我们的人生也如此，成功给我们带来雄心和信心，失败也给我们带来经验和教训，从而使我们走向更大的辉煌。一切事物总是向前发展的，一切事物的发展总是相互联系。在我们人生历程中，个人与社会，个性与共性，需要我们好好把握。

人生充满哲学，充满辩证法。人的一生，就是哲学人生。

生命就是一次旅行

今天就是生命，

是唯一你能确知的生命。

——（俄）列夫·托尔斯泰

生命就是一次旅行。从来处来，到去处去，行进、追求，消磨着、收获着。既追逐快乐，也收获痛苦。有些东西得到了，得到的未必快乐。有些东西失去了，失去的不一定痛苦。茫茫宇宙，熙熙尘世，我们寻找什么呢？

有一位智者对我讲了一则故事。从前，在海的那边，有一座小岛。据说，这座小岛藏有一件举世珍宝。谁能得到，谁就可以拥有一生至高无上的幸福。于是，一拨又一拨的人来了，一批又一批的人走了。来了，又走了；走了，又来了。他们顶风冒浪，漂洋过海，到这座小岛寻宝。有的人耗费了毕生精力，有的人则在旅途中迷失了自己。最后，终于有一位勇士如愿以偿，得到了这件宝藏。他打开宝匣一看，原来是一面镜子。这位勇士，拿起镜子，发现镜中映照的是自己的容颜。于是乎勇士顿悟，人最宝贵的恰恰正是自我。

是的，世间最宝贵的东西就是自我。自我的存在，自我的感受，自我的心灵。圣经言："要有光，就有了光。"有一位心理学家这样说过："我们这一代人最伟大的发现就是人们可以通过改变自己的心态来改善自己的生活。"这个世界，该发生的都在发生，该来的都会来。我们所遇到的，仅仅是这个世界中的一些事、一些总体看来是微小的事。不管遇见什么，我们都要面对。而这种面对，永远没有前提。它不管我们是否快乐，也不管我们是否痛苦。不管怎样，倘若我们不以快乐处之，我们不但自寻烦恼，而且将自我摊上不快乐的一生。即便我们活着，终是为了他人，为了奉献，那我们也该以快乐的心情调节自我，以我们的快乐催使他人也快乐起来。否则，你不快乐，别人又何曾能因你而快乐起来呢。草木尚且自有本心，何况我们人呢？人啊，应该学会呵护自己，快乐自己。

我们面前，只有道路，永远没有出口。生命的旅程，游戏规则常常闪烁不定。我们追求官职，得到的常常只是扼腕长叹；我们追求金钱，得到了有可能是一纸清贫；我们追求爱情，上天却未必垂怜，机缘擦肩而过。且不要说人不可能完美，就是纵然全部得到，谁又能保证我们的心不再扩张，拥有实实在在的富足呢？人生在世，有所求有所不求，有所为有所不为。当英雄时且英雄。但更多的是拥有一颗平常心，一颗自我快乐的平常心。

悟悟如禅人生

我本渔樵孟诸野，

一生自是悠悠者。

——高适《封丘作》

一

人的一生，美丽而且有趣。当然，美丽的不完全是歌，有趣的也不完全是诗。

阳光明媚是一种美丽，电闪雷鸣是一种美丽。雄关万丈是一种美丽，碧水涟漪是一种美丽。欢乐是一种美丽，忧伤是一种美丽。平和是一种美丽，就是悲苦也是一种美丽。

我们企望人生多些开怀大笑，少些盈盈泪水。但是，痛苦与无奈，始终是生活的果，有朝一日总要结上枝头。只要胎于生活，一切的一切，都是美丽的。生活的美丽，源于生活的真实。而真实就是那美的因，美的缘，美的造化。

二

人生如禅。静坐如禅。

既然如此，不妨静坐，悟悟如禅人生。选一小屋，熄灯，再关上门。燃上一支烟，泡上一壶好茶。思绪漫开，任烟头一明一灭，习习地燃。

此时，你宛若风，将逝去的日子一页一页翻开。记忆虽已褪色，生活的犁铧却在岁月记事本上刻上深浅不一的痕。淘气的童年，快乐的少年，任性的青年，沉重的中年……有过杂耍嬉闹，有过琅琅书声；有过目光如炬，有过无言叹息。时光，匆匆地来，匆匆地走。蓦然回首，已是二三皱纹、四五白发、六七豪言壮语、八九嘀咕牢骚，只是一点痴心未改。

此时，你宛若洗衣妇，不是浣纱，而是将思想细细淘洗。人性的至纯，原本出于母爱。经历了社会，也就染上色彩。赤橙蓝绿，青青紫紫。生活造就了你，而你，为你的一生将绘就一幅风景。你尽可去想，尽可能地去做，尽一切可能地绘就一幅反映自我再造自我的风景来。你要想到，你就是一道色彩，世界因为有了你而变得更加斑斓，更加丰富，更加摇曳多姿。

静坐，使你有了无边的自然世界；静坐，使你有了理性的心灵空间。在静坐中，你想了些什么，悟了些什么，于是你无声地笑。于是，你端起茶，轻啜一口，发现甘甜的茶，初入口时，味道微苦。

三

我喜欢散步。

散步，既不用在月下，也不用在雨中。或黄昏，或清晨。只需一点点时间，只需一点点兴趣。你就可以走出，走出狭小，融入自然，融入世界。

散步，就是走走，走走。

散步有许多许多的乐趣。

你可以看看人。老人、小孩，男人、女人，赤膊的、穿裙的，红的、白的、灰的、绿的，匆匆的、悠悠的，你尽可去看，他们也看着你。你会发现，你们是平等的，他们是平等的，大家都在这个世界上走走。在这方天地里，大家都用性别支撑世界，都在用色彩构造世界。

你可以融入自然。自然永远是你的朋友。和煦的风，缠绵的雨，为你拥有，为你享用。大海小河，青山绿水，永远与你为伴，永远与你同在。你在自然中放松脚步，自然在你面前敞开胸怀。一切的一切，都是平等的，都是亲和的，都是自由自在的。人与自然都是朋友，人与人都是朋友。这个世界，真好。

四

人最可贵的在于发现自己。

人之初时，人就是强者。你想，当成千上万个性命精灵，寻求到生命的另一半时，天地作合，人就诞生了。你能来到这个世界，你就是那成千上万个中的强者。

于是，你沐浴着阳光长大，汲取雨露壮硕起来，开始认识周围的世界。于是，你认识了你和他，认识了你们和他们有着相同或者不同，渐渐懂得周围的世界。你用生命力顽强地表示自我，你用观察力深刻地透视世界。毫无疑问，你已是强者。

当你有了幻象，有了意念，有了"取"与"予"的需要，有了向前拱的信仰，你思想的精灵渐渐活跃，开始挺起脊梁，肩膀担起生活的风霜。于是，你在履历表上写上"责任"，在国旗下宣誓"义务"，用整个一生去注解什么叫"人"。毫无疑问，你已是强者。

有时，我们因伤心而哭泣；有时，我们因无奈而选择躲避。但是，谁又能否定，我们的哭泣并不是弱者的眼泪，而是强者情绪的宣泄；我们的躲避并不是弱者的"愤世"或者"出世"，而是强者的一种人生策略，或者是某一次战役的某一战术要点。

人的一生，虽然大多数人拥有的只是蝼蚁般的平凡，但我们敢说，我们永远是强者。人能够诞生就是强者，人能够活下来就是强者，人能够平静地对待生命的起始与尽头就是强者。竞争，进取，坚忍，宽容，我发现我的生命底里竟然融入了这么多的优良品性。我还发现，所有这些其实都是人类共同的特征。

有鉴于此，我又推定，人类之所以成为人类，就是在人类的活动辞典里，只有"强者"两字。永远的强者，永远的微笑，始始终终，一如既往。

五

人的一生，可能会犯些错误。有些错误是愚蠢的，有些错误则是美丽的。

比如，当风来了的时候，说"不"，或者说"我不要"，岂不愚蠢？该来的还是要来，挡也挡不住。唯一的选择就是面对。比如，当前面有挂满枝头的杨梅，你不征得允许就摘而食之，岂不有错？这样的事原可以避免的。比如，你想拥抱太阳，你想摘取月亮，太阳非你全权拥有，月亮也并非对你情有独钟，如何拥抱？如何摘取？岂不有错？但这种错误却有着诱人的美丽，时有发生，常有常改，常改常有。因为它是一种向往，或者简单得只有一点念头而已，既未养患，也不遗害，说不定还能增加些梦幻般的趣味来。

人生春夏秋冬

独上高楼，望尽天涯路。

——晏殊《蝶恋花·槛菊愁烟兰泣露》

同事沈君，素来勤勉。新年刚上班，他就走进我办公室，拿出四方印章给我欣赏。印章风格洒脱，刻功相当老到，每方印章分别刻了一句话。我对他说，看了这章，似有一种初秋的感觉，既远去春夏嘈杂，又未近秋冬清寒，温凉宜人。

我们两人都已五十有余，谓天命之年。对如棋世事，常有无端情绪，容易生出感慨。沈君刻章的四句话是：春易逝不再来，手忙脚乱的夏天，做减法乃秋之道，冬日找点事做。语言虽然简约，却也意味深长。

一

春易逝不再来。"春风又绿江南岸"。"好雨知时节，当春乃发生"。春风春雨，春意春天。世间万物，犹如大睡方醒，一派生机盎然。春天里梦想与希望多些。人生的春天，大约是童少时期，父爱母怜，无忧无虑。我小时候在东山老家，尽管那个年代生活并不富裕，但走路蹦蹦跳跳，吃饭狼吞虎咽，做梦也常常笑着，活得生气勃勃。少时读书，坐姿端正，吟诵字正腔圆，声音洪亮。春天真好。快乐的日子总是容易过的，悄悄地来，无声无息地走。于是人们祈盼春天，也怀念春天。

二

手忙脚乱的夏天。春天有了希望，夏天就要耕耘，才有灿烂的秋天。忙碌的季节，忙碌的田野。那接天莲叶，映日荷花，也一起热闹。人生的夏天，大约是青年时期。青年读书，不论是为中华之崛起，或是为黄金屋为颜如玉，都读得天昏地暗。至今印象最深的就是考试，考试成了三餐必备，成了人生门槛。好不容易熬到大学毕业走上社会，既要打拼事业，又要谈恋爱、生孩子、还房贷，忙得不亦乐乎？我们总是劝说自己，要奋斗，要努力。待到秋天，当我们有了沧桑，便对人生有点新的想法。人啊，在忙赶路时，也别忘了停停歇歇，稍稍浏览路边风景。人生，偷闲是一种情趣，也是一种获得。

三

做减法乃秋之道。秋天金灿灿，夏天耕耘结出果实，沉甸甸的，有丰足的感觉。秋天天高云淡，大地苍茫，有开阔的感觉。只是秋天到了，冬也为之不远。对于秋天，我们应有秋天的思考。人的一生，一步一步往前拱，大都是以加法前行的。春夏两季，有风也有雨，我们填充的东西太多，我们背负的东西太重。细细想来，有些东西是我们追求的，有些东西不是我们需要的，有些东西则是可望而不可即的。再则，人生到了秋天，不管是心灵还是身体，已驮不动太多的东西。"独上高楼，望尽天涯路""天凉好个秋"。多年以前，我发了篇文章，题目叫《懂得加减》。是的，人生的秋天，自要懂得加减。舍得舍得，舍了就是得了。

四

冬日找点事做。到了冬天，万物萧疏，世界静默了许多。南方气候好些，绿虽不再鲜嫩，依然能够入眼。北方多雪多霜，生物们都选择了"藏"。自然界的"藏"，是为了来年，为了等待春天。而人生到了冬天，眼前光景不再喧闹，面熟的也渐渐疏离、渐渐生分起来。白岩松说，人到六十，理想谈得少了，身体谈得多一些，又或者，身体就是理想。在沉寂的冬，要想保暖温润的心，我们便要找点事做。我们可以在有冬日的时候，晒晒太阳；我们可以在有人群的地方，凑凑热闹；我们可以邀三五好友，打起火炉，盘点人生，评论天下；甚至可以当当票友，来段京剧清唱，"卧龙岗上，我本是散淡的人"。

　　闲来无事，我喜欢读诗，打发日子，也为自己壮色。唐朝诗人岑参踏雪送别好友，写下"忽如一夜春风来，千树万树梨花开"一诗，着实让我有些感动。于是，我对冬天的感觉，便鲜活了些，明丽了些。

　　沈君的章，沈君的话。真好！

渴望倾诉的心灵

落木千山天远大，

澄江一道月分明。

——黄庭坚《登快阁》

一

　　缤纷的色彩，嘈杂的声音，喧嚣的世事就像一条绳子，套着我们也牵引着我们东奔西窜，忙碌不停。现代社会，有太多的机遇也有太多的挑战，有太多的诱惑也有太多的艰难。人们各自匆匆赶路，甘苦自知，是康庄大道？是羊肠小路？是空中吊揽？抑或是一座失修的独木之桥？千面社会，百态人生，功名利禄，荣辱浮沉，我们天天拥塞其间。

　　这就是我们的生活吗？

二

是。或者不是。

月落乌啼，更深人静。泡一壶好茶，再燃上一支烟，任茶香袅袅地飘，任烟头习习地燃。

开始检索。昨天，昨天的昨天。今天，今天的明天。记忆就像潮水，时而涌出，时而悄然而逝。我发现，我开始发现，生活的底里，原来还有一个"我"。我的人生，有两个既相同又不尽相同的"我"，对视，比较，并行地存在着。

我为此感到激动，感到惊喜。就像哥伦布发现新大陆。不是因为发现才存在，而是因为存在才被发现。

这另外的一个"我"，就是心灵。

我们就姑且称之为心灵吧。

三

每一个人，都有两个自己。一个是外在的、异化的、常常因冷热强压而变形的，这样的一个"我"无疑是属于社会的；一个是内在的、真实的、时时收藏着完整意念的，这样的一个"我"，属于自然的天性的。前一个"自己"是看得见的、物化的；后一个"自己"是看不见的、精神的。两个"我"既贯通着又隔离着，既隔离着又贯通着。当两个"我"通过倾诉、交流、磨合，逐渐趋于最大幅度的重叠时，我就是幸福的。重叠越多，则幸福的感觉就越强烈。

勾画并且表述前一个"我"是容易的，窥视并且理解后一个"我"则是困难的。

为此，我说，世间最难捉摸的是人。

四

这后一个"我"，就是心灵。

心灵的折褶很多很多，心灵的空间很大很大。人世间最美好的情感，人世间最丑陋的想法，都被掩藏进心灵了。

这心灵，深藏于我们生命的内核。内核看似不大，但展现的世界却是非常非常的广阔。天真的，成熟的；触摸生命的喜悦，经受磨难的痛苦；喜怒哀乐、甜酸苦辣。这个世界，应有尽有。

我们一旦面对，就会感到，这是一片多愁善感，幽静宽阔的世界。过去的过去，虽然已随风而逝，却依然活着，鲜活水灵；一切的一切，能够使人记住的东西都化为刻骨铭心的诗。就是那些欲诉又罢的心事，那些欲说不能的隐衷，也都将在这里完整地收藏着，保存着。

五

守住自己，守望自己心灵的田园。每一个人都应有精神领地，累积点滴，用心呵护。谁也不能干预，谁也无权干预，谁也干预不了。社会应当给每一个人留下一方完整的空间，这个空间应是独立的、宁静的、不受侵犯的。你想装进什么，就尽管装吧。你想生产什么，就尽管生产吧。那是你至高无上的领地，神圣而且庄严。理性的、情感的，甚至有一些卑微的想法，也是理所当然的。

守住自己，便保护了自我的完整。守望自己心灵的田园，守护自己秘而不宣的情感，便是保存了一份自享的生命内容。有了这份内容，生命可能将由此变得敏感而且憔悴，生命也可能将由此变得丰富深刻而且有能力经风历雨。不管怎样，那是你生命的本质，生命的阳光雨露。

守望心灵的田园，你可以享有一间躲避世间风雨的茅屋，可以享有一间净化自我心灵的静室，可以享有一片重温人生之路的空间，可以享受一次次爱之乡梦之乡。

六

守望，不是封闭，也不是窒息。心灵也需要说话，渴望倾诉，渴望沟通，渴望在自由的交流中获得感动心灵的诗。

心灵渴望表白——

七

如果没有表白，那就是永远的封闭。永远的自知、自解、自嘲、自慰。如果没有表白，再清醒的意识，也将混沌起来；再理性的弓弦，也将力满而竭；再鲜活的情感，也将因得不到新的滋润而枯萎。如果没有表白，每一个人身上的这一个"我"与另一个"我"，就可能渐渐分离，最终将失去享受生活价值的资格。

让我们推开围栅吧，向世界袒露真实的、生动的、本质的自我，拥抱世界并为世界所接受；或者打开一线缝隙，透透风，让封闭一隅的自我翩翩起舞。如果，有一位闯入者，最好是能够勇敢些粗暴些，对我们来一次暴风骤雨的袭击，使心灵能够因此而激荡，那将是人生最大的快事。

八

心灵渴望倾诉，渴望表白。

我也有心灵。我的心灵也同样渴望着。有时，渴望得火急火燎，寝食难安。我渴望倾诉，渴望表白。

我企望，天空永远永远地蓝，天高云淡。就是间歇间乌云密布，那也是为冲刷天空而来的。因为只有暴风雨才能荡涤日积月累的污垢。

我企望，我能够收获我应该得到的生命价值。生命来得如此不容易，就应该让生命物有所值。生命的全部价值在于，能够想所想的，说所说的，做所做的。使父母赋予我的第一生命能够得到充分展现，使社会赋予我的第二生命能够得到丰厚回报。

我企望，我能够爱我所爱，恨我所恨。人生因为爱才显得美丽而且生动。爱一次并不容易，相爱就更难了。既然有爱，就应该爱得潇洒而且丰实。恨，不是爱的反动，而是爱的比照。因为有恨，天地人间才能在混沌中渐渐走向分明，从而使世界变得色彩斑斓，鲜艳炫目。

我渴企望倾诉，渴望表白。渴望有人能分享我的快乐，共担我的痛苦。有时，当我获得某一小小的感动时，我也渴望与人共有，共同品尝生命底里带给我们的点点滴滴的战栗与快乐。特别是当世界因为心灵的封闭而出现看不见的尘垢之墙时，感动便显得来之不易，弥足珍贵。让我们能够常常感动吧。捉住一厘的感动，哪怕只是那么一丁点儿，那也是生命之花的绽放。

九

我企望，真实就像我们的影子，与我们紧紧相随。不，不仅是影子，而应该是我们的生命之神。展现在我们的每一次微笑，敲打着我们的每一次足音，使微笑坦荡而无邪，使足音铿锵而分明。既然存在是真实的，那我们就应当去勇敢地裸露真实、表现真实。千万，也绝对不能因我们的怯弱使存在的真实朦胧起来，走向变形的失真。如果是这样，我们不仅活得太累，而且最终将失去自我，失去鲜活的心灵。

我企望，社会因秩序而整齐，因自由而生动有致。整齐的秩序需要法绳，将人们圈引在各自的位置，各尽所能。当法律融入秩序，秩序本身就是法绳。活着，就要活得有情绪，有挥洒自如的个性。而自由将使个性得到发挥，将使情绪得到宣泄而抚平。自由将人引向生命的极致，使人们能够各取所需，再现自我，再现生命的本质。我企望秩序与自由并行，社会由整齐而规范，人们因生动而充分享受生命的内容。

我企望，人人都拥有面包、汽车和洋房。如果做什么事能够使我们活得更好，我们为什么不去做呢？人类因为有理想才有了向前赶的目标。如果理想只是一道看得见摸不着的彩虹，尽管很美很美，但毕竟只是昙花一现，久而久之就将变得毫无意义。当然，面包、汽车与洋房都是生产出来的，不能虚构，只能靠心血与力量的组合。

我企望，活得快乐些、轻松些；活得坦诚些、真实些；活得潇洒些、从容些。活着的意义不在时间的长短，而应该在于内容的富裕。对于富裕的理解，物质与精神同等重要。

十

我，还有我的心灵，构成了我的世界。我希望活着，是因为我有一颗完整的心灵。这样的一颗心灵，水水的、脆脆的，鲜活而生动。

我时时守护着心灵，保持着一片宁静，有时高尚，有时卑微，但毕竟是属于自我的东西，属于我生命的真实。我之守护，不是为了封闭，而是为了倾诉。只有通过倾诉，才能使心灵更加充满活力，渐渐壮硕起来、完好起来。

倾诉，是一种美好的行为。渴望倾诉，既是人之常情，也应该是一种不可或缺的美德。

我渴望倾诉。

第二辑　品味人生

做一个内心高贵的人

德厚者流光，

德薄者流卑。

——《谷梁传·僖公十五年》

人生在世，人人都有追求，人人都有目标。长远的、近期的；朦胧的、具体的。有人喜欢当官，可以尽享尊荣；有人喜欢发财，可以极尽浮华；有人喜欢成名成家，可以饱览天下学问；有人喜欢大房子，有人喜欢小汽车，有人喜欢穿衣打扮，有人喜欢大快朵颐。人生在世，各有所求，自然随趣，也无可厚非。但不管你有何目标，有何追求，做一个内心高贵的人，最为重要。

内心高贵，就要有前行的目标。大江东去，人都朝前走。倘若有了目标，就有了前行的动力。有动力就有活力，就有了生存的勇气。心有所属，就心安；目有所盼，就目灵。永远向前，而不盲目；遇山开山，而不畏缩。为了目标，可迎风沐雨，也可独钓寒雪，人生的步履就将渐渐坚定，生活也就有了亮色，过得充实丰盈。

内心高贵，就要有平和的心态。世界是多彩的，愿望是美好的，但并非所有愿望都能实现，都能满足。世事如棋，幻化无常，唯变谓之永恒。任何事情成功与否，既有主观因素，也有客观使然，其中尚需历经多少变数。人的一生，自当要有所为有所不为，懂得加减，懂得调整。美好的愿望如能实现，就当大笑三声；倘若受挫，也当坦然面对，不必怨天尤人。"君子坦荡荡，小人长戚戚。"有了平和心态，人就会自信、淡定，就会潇洒、超然。

内心高贵，就要有包容的情怀。人间百态，甜酸苦辣，"和谐"两字，尤为重要。人要有敬畏之心，要有感激之心，懂得崇尚自然，懂得尊重他人。头上顶着一轮太阳，照亮自己，也照亮世界。唯有如此，生活才会鲜润而不致板结，温暖而不致冷漠，丰富而不致单调。"执子之手，与子偕老""赠人玫瑰，手有余香"。人是感情尤物，善待自己，也善待他人。感性的人，不仅温柔，而且有福。

人之高贵，不在于地位，不在于金钱，不在于华丽的衣裳，不在于丰盛的晚餐。人之高贵，全在于内心的高贵。外在的东西固然重要，但并不是幸福的唯一。内心高贵，才是幸福之泉。内心高贵，你就有了"不管怎么过，我都可以过"的傲世豪迈；内心高贵，你就有了"不管风吹雨打，胜似闲庭信步"的宽广胸怀。内心高贵，你就自信、从容，你就享受、富足，你就是一个值得尊重并且活得有趣味有意义的人。

简单些，快乐些，做一个内心高贵的人。

漫谈人的底色

大学之道，在明明德，

在亲民，在止于至善。

——朱熹

面对风云变幻，面对物欲横流，面对世事纷繁……面对一切的一切，我们的心灵底处，抑或说灵魂深处，曾飘过哪朵云彩？人的底色是什么呢？

先听听古代圣贤的话吧。孔子在《大学》说："古之欲明明德于天下者，先治之国；欲治其国者，先齐其家；欲齐其家者，先修其身；欲修其身者，先正其心；欲正其心者，先诚其意……"朱熹说："大学之道，在明明德，在亲民，在止于至善。"圣贤的话，说明一个道理，人之生存或是生命的意义，在于正其心诚其意，在止于至善。

其次听听外国哲人的话。苏格拉底说，"我试图说服你们每个人不要更多地考虑实际利益，而要更多地关心心灵的安宁和道德的完善，更多地考虑国家的利益和其他公共利益”。亚里士多德则认为，"判别一个城邦，不是以人口、城垣为标准，而是看它是否由公民组成"。苏格拉底将心灵的安宁和道德的完善视为人性之首要，亚里士多德则将人的公民化视为最高标准。何为公民化？将法制作为人性最基本的道德精神。

再听听我们导师的话。马克思、恩格斯说，最美好的人类社会最高原则是，"在那里，每个人的自由发展是一切人自由发展的条件"。导师的话，说明三层意义：其一，每个人的自由发展，是社会发展的前提；其二，一切人的自由发展，是社会发展的目标；其三，社会的发展，个性发展与共性发展相辅相成，个性发展是共性发展的必要条件。

不管是古代圣贤、外国哲人，还是我们的导师，所阐明的道理都有相通之处，大体都是一致的。在人类社会，人的底色应在于正心与诚意，人的行为应在于求得心灵的安宁与道德的完善，社会目标应在于建立公民社会。而这样的公民社会，必须为每个人的自由发展与一切人的自由发展提供空间和机会，创造必要的条件。

有两件事令我们思考良多。据《世说新语》记载，号称"竹林七贤"之一的阮籍其母去世，他在丧礼上不哭，却在丧礼之后吐血了。很多人因为没有看到阮籍的哭而大骂阮籍不孝。而看到阮籍吐血的只有他的一位朋友，这位朋友为阮籍背负骂名而打抱不平。阮籍则认为，母亲离世，极为悲痛，但丧礼上却实在哭不出声。人之至悲至痛并非以一哭概之。为哭而哭，有违本意，那是道德表演。有违本意的事，何必去干？背负骂名，错不在籍，在于人们习惯于常规思维，习惯于指责别人罢了。在阮籍看来，人之本真至为重要。另一件事是，苏格拉底被判处死刑时，学生们认为判决不公劝他逃脱。苏格拉底认为，判处他的死刑是经过民主投票的，他必须遵守公民社会确定的这种道德规则，接受这样的结局。所以他选择饮毒堇汁而死。苏格拉底说，一个人能够为民主意识和民主规则而死，就是死得其所。

我们常常听到人们对有些人的本质，或者说有些人的底色，发表议论和抱怨。我的一位朋友，在市直部门任职。他对我说，他有一些曾经关系不错的朋友，有的职务比他低，有的与他职位相当，早些年大家相处得很好。现在，这些人调到重要岗位，虽然职级依旧相近相等，但人际关系却骤然起了变化。见他爱理不理，就是打招呼，也有点居高临下的意思。所谓重要岗位，就是未来的晋升通道更为通畅而已。他对我说，这样的人，底色究竟是什么呢？对同僚同事尚且如此，对基层下属呢？对普通百姓呢？这样的人具有公民意识吗？能够率一方百姓建设平等与民主的公民社会吗？面对他的抱怨，我笑着问他，要是你有这样的机会，你会变吗？他沉默了，于是我无语。

人的底色，在于人的本真，人的诚意，在于对公共利益与公民社会的尊重。而公民社会，必须为人的自由发展提供机会和可能。只有当人的自由发展与一切人的自由发展成为条件与互动，这样的社会才是和谐的、美好的。当我们懂得了这样的道理，那么，面对风云变幻，面对物欲横流，面对世事纷繁，面对一切的一切，我们心灵底处飘过的云彩将是纯洁的，我们灵魂深处飘过的云彩将是宁静的。人有了这样的底色，就可以自由呼吸，就可以开怀大笑了。

宁静而致远

捧着一颗心来，

不带半根草去。

——陶行知

　　早些年，对"宁静致远"一词并未太多留意。及至年逾五旬，经历喧嚣繁杂，对其方有更深认识。因为简单而宁静，因为宁静而平和，因为平和而致远，心安才是归处。

　　有一个故事，对我们有所启发。一位司机，开车送老板到几百公里之外的省城谈业务。途中，谈及幸福、快乐之类话题。司机说，老板最快乐，有钱了吃好也穿好。就是出差，路途遥远，也可小睡。而他需全神开车，可谓辛苦。到了省城，司机用餐后蒙头大睡。老板则约谈客户，谈判业务，一番下来心神俱疲。当晚，老板辗转反侧，长夜难眠。据说各自做了个梦，老板梦见自己变成司机，司机则梦见自己变成老板。第二天回程路上，司机对老板说，还是当司机好。思想简单，作业也简单，身体累些但心不累。昨晚梦见当老板时，劳心营营，凛然两鬓有霜，老得实在太快。老板深以为然，发了一通感慨。

身体累了心不一定累，但心累了则身体也累。两相比较，心累的代价更大些。世间万象，造物主最为公平。得失相对，得了便是失了，失了也就得了，得与失相比较而存在。从辩证法角度说，凡事相生相克，相克相生，原也没有绝对的好或是绝对的不好。

古人说，机复者易毁。人生在世，还是活得简单些好，只有简单才能快乐。世间财富何其多，而你享用的只是一张床，三餐饭，还有衣服光鲜一点而已，够用就行。至于当官，自当顺其自然，在其位而谋其政，不必强求过多做非分之想。当好官实属不易，倍加辛苦；当坏官良心折磨，寝食难安；当庸官得过且过，淡然无味。所以古人说淡泊、淡定；所以古人说"知足常乐"；所以古人说"宁静致远"。

人生在世，说长不长，说短不短，百十年间就一个轮回。我认为，有一份童真、有一份热情、有一份努力就可以了。至于收获或多或少，全凭天地自然馈赠，只求心有所安。心安了，自可坐看云起，一任沧桑。

不要太累

倘要完全的书，

天下可读的书怕要绝无；

倘要完全的人，

天下配活的人也就有限。

——鲁迅《思想·山水·人物题记》

大千世界，芸芸众生，每一个人，只能活一次。不管百岁寿叟，还是华发英年，抑或待哺婴娇，无不如此。

活好这一次，并不容易。要思考，要劳作，才能衣有所衣，食有所食；要直面社会，斡旋人生，才能选准位置，挤占一席之地；既要领受明媚阳光，又要应付阴霾密布，还要学会在无聊中求散淡，在痛苦中找欢乐，在无奈中不堕志。总之，与生俱来的酸甜苦辣，与生俱来的赤橙黄绿，你样样都要观赏，样样都要品尝。

有不少人说，生活真累。一个"累"字，无限感叹尽在其中。一个"累"字，也道尽了中国上下五千年的历史真谛。纵观历史，岂不就是一部累倒英雄，累倒小人，累倒忠臣与奸佞，累倒玉栏雕砌的历史。

说累，实际上是"心累"。想干的事不能干，不想干的事偏叫你干，长歌当哭，岂不心累？古人说"三十而立"，而你天命有年空怀壮志，岁月无情，岂不心累？你辛苦却劳而无功，对照别人不劳而获，公乎平乎？岂不心累？有时多干事就多过错，别人不干事却没过错，是多干还是少干，或者干脆不干，找不出答案，岂不心累？总之，有一千条理由让你心累，你不由自主不由得不心累。

既然只活这一次，那就讲究点活法。人活得太累，活着有啥意义？累来累去，人生大半是自己折磨自己。

来点"自我胜利法"，如何？事业不顺、处境不佳，你就只当是"天将降大任于斯人"，一切劳筋骨苦心志饿体肤之事也就算不得什么；当上司批评时，你千万不必缓不过神来。有错必纠，无错加勉。不要耿耿于怀，从来都是"铁打的衙门流水的官"，心可坦然些；发现病症，也大可不必六神无主。新陈代谢乃是自然规律，用心治疗就是了；别人有钱你也不必眼红，嫉妒是万病之源。实际上，只要你认准方向认真地干，老天爷肯定能睁开善良的眼，功夫不负有心人。

只活一次，就要活得舒心、轻松，懂得认识自我、把握自我，有所为有所不为。你如果觉得最适合口味的是《难忘今宵》，那就千万不要花大价钱听《命运交响曲》；你如果觉得自己实在太平凡，那就找口饭吃，千万不要天天讲"伟大抱负"；你就是有天大的本事，也要问问天时地利人和机遇诸要素是否齐全，缺哪一项你就会"怀才不遇"。"天生我材必有用"，"用"

是多方面的。天道昭昭，人生的法则是这里多一点那里就少一点，反之亦然。人生有限，载不动太多的忧愁与烦恼。仁爱他人，宽容自己，学会随遇而安。你坦然些、悠然些，就能坐看云起，一任沧桑，收获更多的潇洒与自在。天生斯人，自有斯福，何苦有太多斯求呢？

常怀感激之心

仁之发处自是爱。

——朱熹《朱子语类》

　　人从哪里来？又往哪里去？在匆匆的来去中，如何对待自己，对待亲友，对待社会，历来是仁者见仁，智者见智。常怀感激之心，将使你的一生过得真实而生动，过得洒脱而宽松。

　　你赤条条地来到这个世上。当你呱呱坠地发出人之初宣言时，有人为你接生，为你洗尘，为你裹上挡风御寒的衣裳；当你张扬生命嗷嗷待哺时，母亲为你献上从心底深处流淌出来的乳汁，一次，又一次，那样真诚，那样无私；当你坐在桌上品味佳肴时，你可知道，食物何能成为"食物"？从哪里长？谁为你播弄劳作？你住的房子，木材是谁为你栽种的？石头是谁为你开采的？砖瓦是谁为你烧制的？你享用的一切，哪一项离开他人的劳动与奉献？

从牙牙学语中，从书本中，你开始认识这个世界，研读这个世界。你可知道，人类语言的诞生和衍化，其间经历多少辛酸，多少创造；仓颉造字，孔子著书，蔡伦造纸，毕昇印刷，其间经历多少辛酸，多少创造。对"人"之意义的理解，对人生内涵的思索，起码有一半以上是他人给你的，而你仅仅演绎了其中的一部分。人们给你这么多，这么丰润，你去接受并享用的时候，你要不要怀有感激之心？你要不要为前人回报些什么？为后人再留下些什么？

当太阳为你带来光明，当月亮为你带来温馨，当鲜花为你来芬芳，当鸟儿为你带来歌唱，你是否怀有感激之心？当你到大海去，领略大海的磅礴和豪迈；当你到高山去，领略高山的巍峨和伟岸，你是否怀有感激之心？

诚然，社会有不平的时候，人生有愤懑的时候。但是，你细细想，再细细沉吟，你得到的多还是失去的多？你失去的，比起大自然的恩赐，比起社会的馈赠，那又是多么微不足道。

你细细想，再细细沉吟，当你在病榻上最需要关怀的时候，亲人送上一匙汤水，朋友递上一声问候；当你跌倒于路最需要扶持的时候，有人将你搀扶，再轻轻为你掸落身上的灰土。你的不平，你的愤懑，比起这些来又算得了什么？我们能够活着，能够真真实实生生动动地活它一回，已是一份机缘，一份幸福。我们难道不应该感激，不应该常怀感激之心去面对一生？

懂得加减

度德而处之，

量力而行之。

——《左传·隐公十一年》

人生在世，得也多，失也多，希望与失望同存。人之心，承载有限，不是所有的东西都能累积其间。人应遵循变化，懂得加减。

年少时，心一片澄蓝。有梦想无限，总想谋求级别高些、钱赚多些、房子宽些、生活丰富些的职位，也想成就一番事业，造化天地。因此遇事大都慨然承诺，常常开出不能实现的空头支票。少年人生，采用的多是加法。步入中年，方知人生不是梦。社会的责任、家庭的负担，间或还有莫名其妙的惆怅，整个儿压上心头。人生除了收获，除了愉悦，尚有许多无奈。于是，心厚积愈炽，愈是不堪重负。人到中年，面对现实，便想卸掉些东西，再卸掉些。中年人生，自然用起了减法。

譬如人欲远行，带上太多的行李，结果未到目的地，便累得精疲力竭，乐趣所剩无多。此时，最好的办法便是减负，来个精兵简政，去芜存菁，轻轻松松上路。如若不然，非但实现不了目的，反而徒生无奈与怨气，岂不可叹？

著名的心理学家容格，将人生旅程分为上午、中午、下午。他说，上午犹如少年，上午有上午的计划。倘若到了下午，有些美好的事物可能不再美好，有些真理可能成了谎言。上午计划大都不可能实现，便亟须做改变。于中午时，就有必要对人生旅途进行检索，看看在旅途上哪些带得太多，哪些又忘了带。带得太多的便应丢掉，一点也不吝惜。这样，日子才能过得自如些、实在些。

人生，有所求有所不求，有所得有所失。使用"加法"，人之常情，自无可厚非。运用"减法"，则需要勇气和决断。用"减法"的意义，在于重新评估，重新发现。在评估与发现中，重新取舍，重新编排你的人生。你将发现，经过"减法"的人生，背上负荷已不再沉重，步履渐渐从容。你可以自由自在地走，自由自在地开怀大笑了。

整个社会，又何尝不是如此呢？

谈修养

自天子以至于庶人，

壹是皆以修身为本。

——《大学》

文明之社会，应倡导人人注重自身修养。倘若社会每一成员，都能修身正心，涵养自我，则社会的道德建构将渐渐美好。

注重修养，古来有之。儒家典籍《大学》提出"自天子以至于庶人，壹是皆以修身为本"。"身修而后家齐，家齐而后国治，国治而后天下平。"人生在世，"修身、齐家、治国、平天下"。墨子学派之主张尽管从本质上与儒家大相径庭，但也强调修身乃为人生之所必需。中华民族素称"礼仪之邦"，历来讲究道德修养，讲究高尚情感，讲究坚贞节操。范仲淹登岳阳楼，抒发当官应"先天下之忧而忧，后天下之乐而乐"；文天祥英勇节义，临终慨叹"人生自古谁无死，留取丹心照汗青"；如此高风亮节，如此浩然正气，无不为历代人民所传诵，所效法。

浩瀚长河，中华历史积淀了悠久文化，也孕育了优秀品德。正是由于这些崇高品性，才使中华民族承前启后继往开来，才使中华民族奋斗不息薪火相传。在科学昌明的今天，我们不仅应予继承，而且必须衍化。当然，现代社会应当有现代道德观，现代道德观应当有新境界。但不管怎样，要想成为一个高尚的人，成为一个有益于社会的人，就必须自觉注重道德修养。除了修养，别无他途。

如何注重修养呢？或者说，修养包含哪些内容呢？

首先是政治修养。我们的社会，是绝大多数人的社会；我们的政治，是绝大多数人的政治。这个"绝大多数"，就是天下苍生，就是我们的人民。我们应当把思想的支点、行动的支点、目标的支点，统统瞄准并且定位在"人民"这个群体概念上。"天下为公""为人民服务"，都是我们加强政治修养的应有之义。

其次是学习修养。当今世界，科学日新月异，信息千变万化。知识经济，注意力经济，不仅已是我们耳熟能详的名词概念，而且作为一种不断变动着的物质形态和精神形态，正在悄悄改变我们的一切。因此，不论是为自我谋生存，还是为人民谋福利，都必须加强学习，提高素质。现代社会，需要我们拥有丰富知识，也需要我们具备真实本领。孔子说，"见贤思齐焉"。荀子说，"言必当理，事必当务"。

最后是思想修养。修养不是制约，不是束缚，而是解放。通过修养，鼓舞精神，磨砺意志；通过修养，保持自信，甘当责任。顺境时，修养可以引导规范；逆境时，修养可以养护坚忍。修养与智慧，原本就是一对孪生兄弟。修养越好，智慧就发育得越健康，展开得越充分。最美好的社会，莫过于人的潜能得到最有效的保护，得到最生动的发挥。

　　修养本身就是一门哲学。我们讲修养，并不是要求人人整齐划一，统一模式；而是每个人都应当有属于自己的并且相对自由的思维空间和行动空间。这些空间的获得，应物竞天择，顺其自然，循客观规律之变化。社会每一成员，扬理想，执法纪，有所学，有所用，选择适合自己的轨迹，科学地、文明地生活。

　　修养也是我们的第二个太阳。当我们来到人间，我们就拥有第一个太阳。太阳为我们升沉，为我们涨落。而当我们驾乘修养之舟登达某一境界时，我们将收获第二个太阳，生活也将因此明亮、温馨，因此流光溢彩。

讲求平和

太刚则暴，太柔则懦；

太缓则泥，太急则轻。

——司马光

　　人生太长，人生太难，构成重重关山。凡事过于急躁，则往往欲速而不达；凡事过于散漫，则事难成局。如何把握？讲求平和为好。

　　譬如锻炼身体。有的人从不锻炼，疏懒惯了，待一朝想起，便每天晨跑三千，外加哑铃单杠，忙得不亦乐乎。其结果闹得柔肠欲断，诸病丛生。未加调适的激烈，身体如何禁受得住？又如弹琴。琴弦太松，弹不出悦耳之声，且断断续续；琴弦太紧，又恐易折易断，和音难谐。松了难以成曲，紧了则欠圆润，唯不紧不松，宽严有度，方能奏响天籁之乐。

　　人生犹如驱车行进于崎岖山路。猛踩油门，速度太快，有翻覆之险；如果顾虑太多，紧抓刹车手把，则速度太慢，事倍功半。想开好车就必须心平气和地开，才能平安到达目的地。

　　以平和之心对人，则天下人人可亲可爱；以平和之心处事，则能懂加减，知进退，发挥最大潜能，创造最高效益。

相信自我

天下皆知求其所不知，

而莫知求其所已知者。

——庄子

　　有多少庙宇供奉观音菩萨。观音手捻挂在胸前的佛珠，口里振振有词。祷拜的善男信女皆以为观音正在诵经超度众生。有人参悟出禅理，观音念的却是自己的名字。

　　为何？观音菩萨无非想告诉我们一个真理，相信自我，求人不如求己。可惜领会观音一番苦心的人竟寥寥无几，以致观音将此道理重复千年，痴心不改。

　　我们做某一件事时，变数越小，则成功的概率就越大。当我们完全掌握自我时，则变数最小，成功机会最多。可以想象，当人连自我都把握不住时，又何能企望掌握他人呢？

　　遇事求人，虽然可能得到人们的赐予和关怀，但毕竟有限，也不可能一辈子指望依赖他人生活。况且，遇事即求，求之不到怎么办？一味期待，岂不耽误了事？遇事如若先求己，抱以舍我其谁的坚定，便能想方设法，力克艰难，有所突破。

我们的内心，珍藏无限的财富，只要用心挖掘，创造之泉便源源不断。人生在世，阅尽辛苦。我们自当阐扬自我，完善自我，以我为尊，去面对坎坷。唯其如此，方能渡尽关山，登达彼岸。倘若到了万一，需求他人施以援手，那也坦然许多、平实许多。至少，我们为丰富人生、再造人生已付出了诸般努力。

佛的故事

诚者，天之道也；

思诚者，人之道也。

——《孟子·离娄上》

　　山上住着一老一少两个和尚，老和尚五十岁，小和尚十岁。有一次，老和尚叫小和尚到山下打油。小和尚带着木钵出发了。一个钟头后，小和尚回来了。木钵空空的。老和尚问：为何？小和尚答：碗颠得厉害，打的油都洒掉了。老和尚说，那是你只看油不看路的缘故。

　　又过了二十年。老和尚更老了，当年的小和尚已经长大，山上又领了个十岁的小和尚。青年和尚叫小和尚去山下打油，并交代要注意走好脚下的路。小和尚带着木钵出发了，一个钟头后，小和尚回来了。木钵空空的。青年和尚问：为何？小和尚答：路坎坷不平，打的油洒掉了。青年和尚说，那是你只看路不看油的缘故。小和尚面壁三天。第四天，他又拿着木钵出发了。一个钟头后，小和尚回来了。木钵盛满了油。老和尚欣慰地笑了。

　　老和尚对青年和尚、小和尚说，油是佛，路是佛道。如要成佛，单是念佛不够的，单是想想佛道也不够，要多想想佛之外的一些东西。佛在佛外。

学会拒绝

坦白直率最能得人心。

——（法）巴尔扎克

中国乃礼仪之邦，国人喜欢讲面子。有人遇事求告上门，不管是非如何，不管能否办成，因讲面子，皆含糊应付了之。有些事情明摆着不能办，有些事情明摆着办不成，一拖再拖了无准讯，时间一久，求的人不觉滋生怨气，被求的也处境尴尬。

比如，有人开讲座，请你去上一课，而你确实没有时间；有人请你参与某一公益活动，而你确实脱不开身；有人请你当某一机构顾问，而你出于种种原因心里不太愿意，你都因人家好心好意而不忍心拒绝，其结果非但应付不了还惹出一番埋怨。

比如，有人经济困难向你求助，而你收入拮据难以满足；有人求官想走你的后门，而你帮不上忙；有人亲友违法求你帮助说情，而你既不能帮也不想帮，但你碍于面子不分清讲清，不敢直接拒绝。其结果别人以为你有力不肯出，是个不讲情义的"冷血动物"。

　　先哲教育我们，人应急功好义，人应助人为乐。对于"对"的事，且我们有能力帮上忙的，要不遗余力帮到底，"勿以善小而不为"。对于"对"的事，但我们没有能力帮忙的，要说清楚，相信别人会理解。对于"不对"的事，我们要明确表示不能帮，别人能理解当然好，就是不理解要怪罪那也没办法。总之，人要有原则，要讲是非。处事方法上，讲点明快，对人对己都有好处。

　　学会拒绝，并不是事事拒绝，而是要懂得有选择地拒绝。这种选择，就是明辨是非，就是客观地权衡我们的能力和条件。世事纷繁，如果不学会拒绝，那我们则可能卷进生活的漩流，一点轻松不得，且有被累倒的危险。朋友，你说呢？

崇尚科学　善待自己

> 务得事实，每求真是也。
>
> ——《汉书·河间献王刘德传》

　　前些日子与一位朋友聊天，谈起一个话题，那就是善待自己。这位朋友生活不大如意，总在埋怨自责。我劝其善待自己，凡事往宽处、好处想，对不愉快的事别太在意，能抛开就抛开。及后，又想想"善待自己"，觉得这不仅是个人问题，也是一个人们应引起注意的问题，涉及社会科学的诸多方面。

　　比如，信仰问题。人一生下来就要活下去，这就有了生活。有生活就有期望，催动你往前赶，这就有了理想。人生有许多追求，也总要有属于自己的精神王国，信仰也就诞生了。应当讲，人有信仰自由，无可厚非。我们不可能也不应该去强求一致，任何强求一致的做法都有违人类普遍的天性，不是科学的态度。但有一点，我们每一个人都必须认真想想，那就是在信仰上要"善待自己"。所谓"善待",一是信仰要符合自己的真实愿望;二是信仰及其发生的行为,要有利于与社会共存共荣。

比如,名利问题。名利,是人生旅程中不可回避并且需要真实面对的问题。人有两大特性,一是虚荣心,或者叫进取心;二是欲望,或者叫基本需求。不管哪一属性,都离不开名利。人活着为什么?为名利。对名利,既不要看得太重,也不能看得太轻,这就是科学的态度,科学的人生观。当官的,有当官的名利观;普通的老百姓,也有自我的名利观。但不管是什么样的名利观,都涉及"善待自己"。你想千古留名,你的行为就要对历史负责,符合人类普遍的欣赏心理;你想政声卓著,你就要多办实事,多办好事,全心全意为人民服务。

比如,得与失问题。得与失,正如欢乐与痛苦,都是一对孪生兄弟,永远结伴而来。一件事情的本身,都有正负两个方面。我们在处理公务时,既应看到它的正面效果,也应看到其负面反应,只要利大于弊,就可以趋利避害,就可以大胆实施。我们在对待个人得失时,也应正确面对。人生的法则就是加减法,这边多一点,那边就少一点,反之亦然。无论于公于私,都有一个"善待自己"的问题。这种"善待",一是对人对事都要抱以真诚,不可去干违心或者是昧着良心的事;二是以相对的观点去看待问题,得之可喜,失之勿忧,只要问心无愧,对得起社会,对得起自己。

善待自己,有两个标准,一个是个体标准,一个是社会标准。有个体标准,人才会尽心尽责,才能用其全部心血去为之奋斗;有社会标准,人才能与人类同行,与社会并存,其生活目标与行为才能获得有意义的价值。如果说科学,这就是科学。这是主观世界与客观世界相统一的科学,这是个人行为与社会规范相统一的科学。人生在世，要有科学的意识，要有科学的理念，要用科学的方法去面对并且处理一切遇到的问题。只有这样，才能善待自己，才能享受充满辩证法、充满乐趣的人生。

走过冬天

冬天来了，春天还会远吗？

——（英）雪莱《西风颂》

在人们刚刚收获秋天的丰硕时，冬就跟来了。容不得你在秋的意境里打盹，冬就踱着方步，走进你的生活。

如果说春天是个顽皮的孩子，夏天是个火辣的青年，秋天是个成熟的壮汉，那么，冬天则是个刻板的老叟。他不喜欢春的翠绿，不喜欢夏的艳红，也不喜欢秋的金黄，单单挑中灰茫茫的白，让你觉得，这个世界只有一种颜色。似是清纯的样子，却一点也惹不起人们的爱怜来。在冬天里，小鸟的歌声远去了，雨打芭蕉的乐章听不着了，秋雁业已归家栖息，一切归于静寂。只有偶尔飘来的飞雪，才带来一串音符般的跳动。然而，雪花飘飘的日子毕竟不多，静寂的时间太长。一切在静寂中沉默，一切在静寂中萧索。虽然有些思想家的慧思都萌生于冬天，但幸好思想家们并不是太多，且永远也不会多。

冬天来了，人们开始加衣，加了一层又一层，待身上慢慢有了层次，便如穿上盔甲一般。走起路来，负重的双足步履蹒跚，一点轻快不得。在街上行动时，大家都呵着热气，互相告诉着温暖，散布着温暖。不时，还有人勇敢地跺跺脚，怕被冻僵，运动着生命，延续着生命。冬天是老人的季节，孩子们自是不喜欢，老人们也未必喜欢。个中缘故，便需得青年们、壮年汉们慢慢去参悟。

冬天的美，在于冬日。冬日的光比夏日来得火热，来得动人。这大抵是稀罕，也大抵是来得非常及时。灰蒙蒙的大地有了橙黄黄的光，生动多了。人也不至于被僵化，暖意回落到了心头。尽管有冬日的日子不多，但冬日的关怀叫人难以忘却。

冬天来了，春天还会远吗？走过冬天，一切便有了勃勃的生机。世界在交替中周而复始，新的年轮就诞生了。

生命流转

> 人生的价值，并不是用时间，
> 而是用深度去衡量的。
>
> ——（俄）列夫·托尔斯泰

"大江流千夜。"前面的一逝不回，后面的接踵而上，后面瞬息之间成了前面。茫茫宇宙，永远没有停顿的乐章，演绎的只是流转的故事。

刚刚沉醉于春花烂漫，又见凋零，不由黯然神伤。秋天的金黄写满田野，又见乍起的风送来一片寒冬。雪花飘飘，将厚重铺上土地，世界似已静止凝固。人皆是多情的因子，为花溅泪，为秋伤感，为冬叹息。然而，逝去的不再回转，怨叹与惋惜无济于事。我们只有等待来年，那蛰伏于冬的新鲜生命。

青春如梦，青春如画。青春的勃发使世界充满活力。有多少人为青春欢歌，为青春痴迷。然而，青春难驻，青春只是人生一段跳跃的音符。今年十八，明年八十，自然界的规律严酷而无情。别埋怨青春短暂，要是能挽住青春，那世界便无老少之分，也无早春与暮冬之别。倘不前行，便无后续。倘无衰败的腐叶作肥料，那春来花几枝恐也是痴梦。要是青春不老，那孩童未必能够长大。且不论这种事本不可能，就是真的如此，对世界怕也不是好事。斗转星移，物竞天择，宇宙道是无情却也有情。

今天是昨天的归宿，又是明天的渊源。昨天的时光，流入今天，给今天以腐朽，也给今天以神奇。今天，则将昨天扬弃，又赋予全新的今日之义。明天，将在今天的胎盘中孕育诞生，承继着今天的光荣与不幸。没有昨天的今天，是无本之木；没有今天的明天，是无水之湖。时间之河，就是这样奔流不息，永不复返。

岁月悠悠，生命流转。世间万物，都在演化着枯与荣、消与长、死与生的过程。有生的就有死的，有死的就有生的，生为了死，死亦为了生。读懂生死，并不意味我们超脱红尘。我们理应既不畏生，也不畏死，在生命流转中，好好把握"过程"。春天时，尽情享受春天的祝福。冬天时，不妨添衣御寒，或者在炉中再加一把柴。昨天可以做梦，明天依然可以做梦，独独今天做不得梦。趁今天天气好，我们该醒着，用心干好我们想干的事情。

人届中年

今人不见古时月，

今月曾经照古人。

——李白《把酒问月》

　　钟摆一点一点地移，似乎是非常非常得慢。然稍不留神，就移过数百个秒、数千个秒，令今天变成了历史的昨天。人也如此，少年时觉得时光悠悠，日子长着，便尽情地笑、尽情地跳。待猛然一觉，已届中年，人生的凝重从心头升起，惶惑与不安随之袭了过来。

　　中年啦。听得见远处的鼓声。

　　吾五十有余，人生逾半矣。少时父母慈爱有加，如花的时光就像快乐轻松的行板。在小学、在中学，每当有一篇作文被老师作为范文拿到黑板前示讲，便飘飘然，为天之蔚蓝、地之辽阔而欢呼。在大学，邀三五好友闲步于九龙江畔，其心境便如到了指点江山的桔子洲头。走上社会，方觉人生有的不仅仅是梦，有时笑也带泪。在阳光灿烂的早晨，却常常读起"古道、西风、瘦马"。风也潇潇，雨也潇潇，前行的心在风中雨中穿越，似无尽头。

中国谚语云：人到中年万事休。意境虽有点悲，却是对生活课以刻意的认真所致。不管怎样，总是道出了中年的严峻与诸般的困惑。西方有谚语称：人的生活于四十才开始。仿佛少年与青年阶段都是人生的配戏，主戏尚未开幕，好戏还在后头。这自然是人生的另一极面。作为中国人，虽不完全赞同，却也为其昂然的心态所感奋。是啊，人生虽是关山重重，但要是于中年时就打出句号，那岂不自折志气，自寻短路。生活，也像藏于多年的陈酿，浸润多年才能浓而郁。况且，前人于戏中也屡屡告知我们，高潮绝不在前幕，多是于中幕甚至于落幕之前。

当然，人届中年，腿脚已不再灵便，千万不要再去踢毽子、放风筝，要是"偷闲学少年"，那是自讨无趣。有时，闲来无事就做做梦，但却不可去干那痴人说梦的事。

人届中年，钟声在后，鼓声已在前。

喜欢与不喜欢

相见无杂言，
但道桑麻长。

——陶渊明《归园田居 (二)》

　　我喜欢讲喜欢或者不喜欢。很少或者根本不说让我想想。

　　小时候，喜欢坐在父亲膝上，让父亲用胡子扎脸，扎得好痛，而后父子咯咯地笑。喜欢母亲从灶台上刚刚端来的热菜，那绝对是好东西。少年时，喜欢读书，爱做梦。常常到处去找那些封面斑驳的书。找到一本，读一本。读了一本，又一本。常常发呆。有时欣喜若狂。做的梦，有好梦，有不好的梦。梦的最多的是太阳，红红的太阳。还有湖，蔚蓝色的，不深不浅，小草摇曳。

　　青年时，喜欢讲话，喜欢让很多人围在我的身旁。不管讲得对不对，一侃就是大半天。总觉得自己书读得多，懂得也多，讲话幽默，听的人肯定会大受教育。青年时是一副自命不凡的样子。

如今，已届中年。喜欢跟朋友一起，泡茶聊天。也喜欢独处，看看书，抽抽烟，平抑些情绪。依然喜欢讲话。有些话明知少说为佳，还是一样讲出来。嘴巴上的话说得少了，就往纸上写，写得密密麻麻。写完就往报社寄，不管发表不发表。直抒胸臆，一吐为快。

我喜欢父亲抽烟，不喜欢父亲对我讲大道理。喜欢母亲穿新衣服，不喜欢母亲忆苦思甜。不喜欢封面太光鲜的书。不喜欢太软太松的歌。不喜欢太强烈的色彩。不喜欢太艳丽的图案。不喜欢去闹市赶集。不喜欢跟商贩讨价还价。不喜欢有人拣好话往你耳朵塞。不喜欢有人背后讲坏话。不喜欢有人将黑夜说成是太阳的母亲。也不喜欢有人将一斤讲成是十六两，掺水加油再腌盐。

我认为，教堂应该是教堂，学校应该是学校。说是而不要说像。

我认为，穷了日子不好过，钱太多了也未必是好事。

我认为，男人一定要有烟草味，偶尔发发牢骚说上一两句粗俗的话。女人一定要懂得下厨房，有油烟味，还可以去买买化妆品。男人一定要是男人，女人一定要是女人。

我认为，人要有宽容的心，宽厚的性格。要善于发现别人的优点，多说别人的好话。仁者，爱人也。

幸 福

嘈嘈切切错杂弹，

大珠小珠落玉盘。

——白居易《琵琶行》

许多小事，说起来实在是微不足道的。但经历这些事情时从心底漾出来的那种感觉，却令人久久难以忘怀。我知道，那就叫幸福。

读小学三年级时，有一次，身为大队妇联主任的母亲，到县里开会。我请求母亲为我买几本连环画，母亲答应了。三天后，母亲回来了。母亲给我带回了一本小说。我问母亲，为什么不给我买连环画？母亲答："我不识字，听人说，一本书可以读很久很久，认识很多很多的字，比买连环画好。"我知道，母亲说的是实话，这本厚厚的书足可以买上十多本连环画。尽管当时我识字不多，尚读不懂书中的全部内容，却深深感受母亲的真情实意，心里幸福极了。

第一年参加高考，我以两分之差落第了。发榜那天，打听到我榜上无名，心里灰暗极了。父亲安慰我说，不要紧，明年再考。又从抽屉里拿出二十元钱给我，叫我去同学家走走玩玩。那时的二十元钱是一笔奢侈的资金。五天后我回家了，父亲笑着问我，心里感觉怎么样？望着慈祥的父亲，我心一酸，掉泪了。那不是痛苦。父亲对我的理解，我打从心底感激。有父如此，焉不幸福？

我最喜欢吃的菜，是油炸五香，那真是香脆得很。结婚后，妻子常常炸五香给我吃。妻子并不喜欢吃，单单是为我做的。每当我吃得油溅嘴边的时候，妻子总是在旁笑眯眯地看着。看着妻子那灿烂的笑脸，我的心里舒坦极了，幸福极了。我对妻子开玩笑说，家有贤妻，胜过良田千亩。

有一年冬天，我去长江三峡。回来后，读小学三年级的儿子递给我一篇日记，日记上写着："爸爸出差好多天了。听妈妈说一两天就会回来，我在心里祝爸爸一路平安。晚上做梦梦见爸爸回来了，手里提着金阳食品，脸笑笑的。不知什么时候，妈妈把我叫醒，我才知道做了个梦。我多么盼爸爸平安回来啊。"读着儿子的日记，心里幸福极了。

这样的事情很多很多。每当不顺心时，我就想起这些事来，心就平和了些、明亮了些。人生有苦痛，也有幸福。幸福就在你的身边，虽然微小，却时时能遇到的，只不过你要用心去捕获罢了。

母 亲

谁言寸草心，

报得三春晖。

——孟郊《游子吟》

母亲今年八十有五。母亲的一生，实在寻不出轰轰烈烈的事。然而，母亲于我，却是天底下最好的母亲。

读大学时，有一次回家，因感冒而多待了一星期。返校前一天，母亲专门歇工赶到集上，买回一只斤把重的红蟳来，熬成了粥。我一口气吃了三大碗。看我狼吞虎咽的样子，母亲笑了。后来，我才知道，母亲买回这只红蟳实属不易。她想，病后进补熬红蟳粥最好，既可口又有营养。当母亲赶到集上时，红蟳已卖得剩下最后一只，且已称重后有人付款购买了。母亲对那买者说，我儿明天就回校去，病后不进点补不行啊。母亲平生难得求人，为买红蟳竟求人一回了。

难忘那一九八五年元月，当我入党获得批准时，特地赶回家告知母亲，心想她老人家定会夸奖一番，鼓励一番。但母亲听后，只是淡淡地笑了笑，说："入党好。关键是要好好做事。"母亲用她多年的党龄告诉我该如何去做。这句话，我将记住一辈子，受用一辈子。

父亲节——给父亲的一封信

自是人生长恨水长东。

——李煜《相见欢》

父亲：

今天是父亲节。儿想你了，给你写一封信，说几句话。

我们父子离别，算来已近十九个年头。离别这些年，我感到你没走远，就像是到邻居家串门去了。我想你时你就来了，我们总能于梦中相见。每次回老家探望母亲，我做的第一件事，便是在你的香炉点上一支香烟，如同当年为你点烟一样。然后告诉你，孩儿回家了。

记得那年冬天，天气特别冷。在一个深夜，我刚看完央视《零点新闻》，忽然接到大哥电话，说你病了，要送往县医院治疗。我马上叫车，从芗城连夜赶往一百多公里外的东山老家。我想，你素来健朗，偶尔患病，陪你几天，跟你聊聊天，你就能回家养息了。车开到漳浦马口，大哥又打来电话，哽咽失语，说你走了。乍闻噩讯，我阵阵战栗，竟不相信这是真的。回到老家，已是凌晨两点。你平躺在床上，睁着眼睛，微张着嘴。母亲站立于旁，泣不成声。我知道，走得这样匆忙，你心有不甘，正在等儿回来。我强忍哀痛，用手轻抚你的眼睛，喃喃耳语，孩儿回来了，回来了。想必父子心灵感应，你的眼角，流出最后一滴泪水，闭上了眼睛。我再也坚持不住，跪倒在地，泪流满面。父亲，从此你我阴阳两隔，天各一方。世间悲苦，原如此深切。

开追悼会那天，全村哭声一片，六百多户，每家都有人为你送行。一路素幡，满山花残。为儿知道，满村为你而哭，这都是你的修为、你的积德。你当村官多年，开荒山，修水利，办企业，桩桩件件，让村民受益。有些村民欠粮，你担心他们饥饿难挨，常常将家里口粮匀给他们。你说，再怎么样，我家总比他们好过些。村民有事找你，你都热情相待，尽力解决。村民信你服你，称赞你为人善良，急公好义。那天的情景，为儿更加深深理解了你的人格。

你常对我说，你是苦孩子出身，世间苦难太多。你三岁丧父，五岁时亲娘为谋生计远渡南洋。十三岁时，相依为命的奶奶也撒手离去。饥饿、寒冷、孤独，伴你成年。二十岁时，你迎来新社会。县里土改工作队进村，赵队长见你身披一件旧麻袋改裁的衣服，腰间扎着草绳，问你要不要跟着他干。你看他们面善，说"要"。就这样，你成为村里第一位党员，成为村里第一位党支部书记。你回忆说，当年刚当支部书记时，正是肃匪反特时期，村里党支部尚未公开，全村也只有三名党员。一九五三年七月，东山岛保卫战，你虽已是村支书，忙前忙后，但公开身份却是支前民工。

　　你的经历，使你对亲情极为看重。母亲在土改时期就是村里的妇联主任，一干就是三十多年。你与母亲经常一起早出晚归，相伴相随。村里人很是羡慕，说你们是"模范夫妻"。对我们兄弟，你严慈有加。你买来红砖，买来小黑板，督促我们读书、写字。你对我说，耕书传家，人的本分，上一辈没有文化，下一代人要改变，要读书。读小学四年级时，我到县城参加全县小学生作文比赛，你兴奋不已。逢年过节，每当我为村里人写"红联"，你总是站立一旁，帮我抻纸，那神情就像打了胜仗的将军。我到县城一中读书，经常为学校编写版报。当我周末回家，你总是下厨为我操弄一桌好菜，那炒米粉的味道至今难忘。一九七八年冬，我成了村里第一个靠高考考上的大学生。一九九八年春，我出版第一本散文集《梦见太阳》。你逢人就说，儿子争气，再辛苦，也值！

　　父亲，我们相处三十八年。这样的岁月，不能算短，也不算长。有一句话，你讲得最多，男人一要做事情，二要讲情义。你言出行随，用整整一生实践这最为简单的话。为儿记住你的话，也在践行你的话。我们父子，除了血脉相连，心灵也是相通的。我想对你说，你是一位普通的父亲，也是一位成功的父亲。

　　父亲，天高地阔，你并没有走远，你就在我的身边。在我每一次思念你的时候，在我每一次需要你的时候，你都会悄悄回来，跟我一起喝茶聊天，跟我一起围桌聚餐。你喜欢麻糍，你喜欢肉包，你喜欢抽烟，儿都一一为你备着。

　　就写到这里。儿等你回来。

儿写于二〇一八年父亲节

第三辑　诗意人生

梦见太阳

草木有本心，

何求美人折。

——张九龄《感遇》

少时有许许多多的梦，大都已淡忘了。只有一个梦，每每萦怀在心，至今想来依然清晰可见。有一天，我与一群同伴到山上玩。忽然，"嘣"的一声，只见天上掉下一个球来，火红火红的。同伴们吓怕了，远远望着，不敢上前。我壮胆走近看，红球亮丽得极为诱人。于是，我把球揽进怀里。球不大，也不炙热，温润温润的。同伴们问，何物？我随口答，想是太阳吧。果然，扬头一望，挂在天边的太阳竟然不见了。

梦醒时，正是早上八点多钟。光射进窗来，屋里亮堂着。我赤着脚丫冲出屋去，想看个究竟，只见太阳依然在天那边悬着。当天，我把梦见太阳的事告诉我的父亲，还有母亲。他们却说，小孩子家，瞎说。读他们的神情，怪怪的。我感到委屈。后来一想，又释然了。这样的梦，本是小孩子家做的，大人们不会做的，也肯定做不了。

记不清有多少回，我一个人悄悄跑到屋后的小山上去，渴望再有这样的机会。真是遗憾，竟一次也未遇到。夜里，很想能再梦它一回，却是徒劳。慢慢地，我不再到小山上去，也不再寄希望做这样的梦。我想，一来是渐渐疏懒，二来大抵是长大的缘故。

然而，这个梦却一直深深地藏在我的心里。每当冬寒秋凉，我想起它来，便有了些许暖意。

感受生活

看到浮云过了，

又恐堂堂岁月，

一掷去如梭。

——张惠言《水调歌头》

人的一生，大多百十年光景。倘以甲子计，自然为短；倘以分钟算，则便为长；若以年论，当是有些日子要过的。

日子过得快慢，各人各有不同。年老的、年少的算法不一样，快乐的、忧愁的过法也不一样。各有各的境遇，各有各的昆仑。春去秋来，岁月磨砺令我感慨良多，但凡过日子，常能咀嚼再三，感受生活之美最为重要。

一

感受生活，当应领略自然之美。

一样的季节。春之美的是土地，夏之美的是云彩，秋之美的是月亮，冬之美的是太阳。春天，土地生机盎然；夏天，云彩洁净纯白；秋天，月亮清辉流银；到了冬天，太阳暖暖融融。人生四季，春夏秋冬，你领略过这些情趣吗？

一样的水果。梅子喜青，荔枝喜红，葡萄喜紫，柑橘喜黄。遥想当年红荔一颗，伴与轻骑一尘，引来妃子一笑。那葡萄美酒，随同夜下征人，演绎千古传唱。生在闽南，瓜果飘香，你领略过这些情趣吗？

二

感受生活，当应体味万物之美。

比如看山。一样的山，此山那山，焕发气象万千。泰山登高，华山历险，黄山戏雾，庐山云水故事。看山赏山，则因季节不同也各有不同。近山适宜春天看，百花斗艳；远山适宜秋天看，层林尽染；那高山，则适宜于冬天看，皑皑积雪，别有一番苍茫。

比如看树。一样的树，树树意态迥异，格局不同。胡杨伟岸，凤凰热烈，垂柳多姿，玉兰暗香浮动。山上千年之树，仙风道骨，适宜入画；村中百龄之树，古朴斑驳，适宜入诗；院里有树二三，错落有致，则最是适宜入词了。

三

感受生活，当应感悟人性之美。

唐人李白，长年旅外，满目尽是古道斜阳。忽一日，夜半醒来，思念故乡亲友，作《静夜思》。"床前明月光，疑是地上霜。举头望明月，低头思故乡。"远离故乡，远离亲友，唯悬空明月可与亲友共睹。游子之情，何其深切！

慈母之心，可谓千古咏叹。唐人孟郊的《游子吟》，意态逼真，十分感人。"慈母手中线，游子身上衣。临行密密缝，意恐迟迟归。谁言寸草心，报得三春晖。"寸草之心，知恩图报，人性之美与道德之美，融为一体。

爱情之美，也令多少人为之如痴如醉。东汉无名氏的"迢迢牵牛星，皎皎河汉女……盈盈一水间，脉脉不得语"。唐人张九龄的"思君如满月，夜夜减清辉"。唐人李商隐的"君问归期未有期，巴山夜雨涨秋池。何当共剪西窗烛，却话巴山夜雨时"。

诗中情怀，古今依然。细细想来，我们何尝不是如此？

四

感受生活，当于大处看磅礴，当于小处悟情趣；当于动处涌力量，当于静处闻袅袅天籁。生活如高亢的歌，如逶迤的曲，如明快的诗，如缠绵的词。生活就是生活。

生活还是生活。

关于诗与画

窗含西岭千秋雪，
门泊东吴万里船。
——杜甫《绝句》

闲来无事，读读古诗，欣赏诗之大美，心灵充满喜悦，精神充满快乐。

一

诗能述志。

清人郑板桥，"扬州八怪"之一。不论当官理政，不论吟诗作画，坚持走自己的路，从来不随大流。他的《燕京杂诗》，读来饶有趣味。"不烧铅汞不逃禅，不爱乌纱不要钱。但愿清秋长夏日，江湖常放米家船。"

东汉曹操，一生跃马扬鞭，征战南北。五十三岁作《龟虽寿》一诗，歌以咏志。其中的"老骥伏枥，志在千里；烈士暮年，壮心不已"，表现了虽然天命有警，但依然奋斗不已的决心。

东晋陶渊明，晚来结庐入境，得天独厚，自然清静。"晨兴理荒秽，带月荷锄归"，表现劳动的辛苦和由劳动带来的喜悦。"采菊东篱下，悠然见南山"，于劳动之余，饮酒致醉之后，在晚霞的映照下，在山岚的笼罩中，采菊东篱，遥望南山，此中情味，何其深永！

二

诗能言情。

诗人杜甫，常年游历在外，一生以家国为怀。他的《闻官军收河南河北》一诗，成为千古绝唱。"剑外忽传收蓟北，初闻涕泪满衣裳。却看妻子愁何在，漫卷诗书喜欲狂。白日放歌须纵酒，青春作伴好还乡。即从巴峡穿巫峡，便下襄阳向洛阳。"

李白豪放旷达，交友广泛，大都情真意切。他的两首送别诗，离别情意寄寓其中，至今读来悠悠难尽。诗一《金陵酒肆留别》："风吹柳花满店香，吴姬压酒劝客尝。金陵子弟来相送，欲行不行各尽觞。请君试问东流水，别意与之谁短长？"诗二《黄鹤楼送孟浩然之广陵》："故人西辞黄鹤楼，烟花三月下扬州。孤帆远影碧空尽，唯见长江天际流。"

李商隐既是诗人，又是情圣。其爱情诗，写得情景交融，意象独到。"相见时难别亦难，东风无力百花残。春蚕到死丝方尽，蜡炬成灰泪始干。晓镜但愁云鬓改，夜吟应觉月光寒。蓬山此去无多路，青鸟殷勤为探看。"

三

诗能启智。

苏轼亦诗亦词，一生沉浮坎坷，一生洋溢智慧。他的《题西林壁》一诗，引发哲思，可做多意解读。"横看成岭侧成峰，远近高低各不同。不识庐山真面目，只缘身在此山中。"

宋朝杨万里，喜欢游历，也常借一些记游之诗抒发人生感慨。他的《过松源晨炊漆公店》一诗，读来别有意味。"莫言下岭便无难，赚得行人空喜欢。正入万山圈子里，一山放过一山拦。"

南宋朱熹，其理学造诣，其教化成就，令后人称颂。他喜欢读书，认为读书不仅能够获得丰富知识，而且有着无穷乐趣。他在《观书有感》一诗写道："半亩方塘一鉴开，天光云影共徘徊。问渠哪得清如许？为有源头活水来。"对于朱子此诗，我多次研读，深觉其中的"源头活水"，并不仅是形容读书那么简单。其实，斗转星移，世道沧桑，原在于活水自由流动，才能不积不淤，才有万千气象。

四

诗能入画。

前日与一群美术家谈及传统文化，分享读诗心得。我吟了几首诗，以资他们研读入画。

山水画。宋人王禹偁所写的《村行》中有二句诗，"万壑有声含晚籁，数峰无语立斜阳"。万壑何以有声？风声水声？数峰何以无语？似深似静？晚籁何谓用"含"？斜阳何谓用

"立"？作为画家，如何花费笔墨，勾勒形体？如何调配节律，显示动静？如何表现诗中饱含的闲适趣味？

花鸟画。唐杜甫所写的《绝句》一诗，"两个黄鹂鸣翠柳，一行白鹭上青天。窗含西岭千秋雪，门泊东吴万里船"。这首诗里，有"两个"与"一行"，个体与群体的关系；有"黄""翠""白""青"，有颜色的关系；"鸣"与"上"，有动作的关系。"两个黄鹂"，其关系是情侣？是母子？其大小搭配的形态不一样，其鸣叫搭配的形态也不一样。"一行白鹭"与"两个黄鹂"，"上"与"鸣"，其远近其着墨都不一样。如欲画出意境，就必须读懂杜甫身居草屋的心情，就必须体味"西岭千秋雪"与"东吴万里船"所蕴含的人生际遇。

人物画。唐元稹写《行宫》，有二句诗："白头宫女在，闲坐说玄宗"，很是适合作人物画。但要画出其中意味，却是很难。白头宫女，与玄宗关系如何？如果相识，此说便是"回忆"；如果不识，此说就是"道听途说"，如此一来，"说"的形态大不一样。再者，"闲坐说玄宗"，是一个人在"说"，或是在座的一起"说"，形态不一样，所表现的韵味也不一样。又再则，画外之意，玄宗的"功"与"过"，谁能画得出？谁又说得清？

写意画。南北朝《敕勒歌》一诗，其中的"天苍苍，野茫茫，风吹草低见牛羊"。景象明丽，气势雄浑，使人觉得那是美好的地方，油然而生向往的情意。有人将此景当油画作，我似觉有些不妥，略嫌凝滞。如将此景当大写意画作，则生动且丰富得多。要创作好此画，画家须秉性豪放，胸怀开阔。着墨时，须注意疏密、浓淡、远近，才能体现格局之美、意境之美。

关于山与山的诗

山中何所有，

岭上多白云。

——陶弘景《诏问山中何所有赋诗以答》

我生于海岛，长于海岛，与海相依相伴。海湾海滩，海风海浪，海水海鲜。一生因缘，早与大海连在一起了。因少见山，对山隐然有一种向往。总喜欢读些关于山的诗，聊为慰藉。

诗圣杜甫，少时畅游泰山，写了《望岳》一诗，其中几句，印象颇深。"岱宗夫如何？齐鲁青未了。……会当凌绝顶，一览众山小。"初读此诗，油然升起一份豪迈，为杜甫少年壮志叫好。也常以此励志，抒展一番情怀。

诗杰王维，也喜游历。他的《山居秋暝》一诗，洋溢清纯清新。"……明月松间照，清泉石上流。竹喧归浣女，莲动下渔舟……"世事纷扰，红尘熙然，如此山之景象之生活，着实令人流连。

杜牧从政，官声颇好。但仕途险峻，个中之味，甘苦自知。一首《山行》，道出别样心情。"远上寒山石径斜，白云生处有人家。停车坐爱枫林晚，霜叶红于二月花。"

北宋苏轼，人生峰峰峦峦，跌宕不平。其《题西林壁》一诗，闪烁人生哲理，读来启迪良多。"横看成岭侧成峰，远近高低各不同。不识庐山真面目，只缘身在此山中。"

南朝诗人陶弘景，对山则另有一种人生况味。"山中何所有，岭上多白云。只可自怡悦，不堪持赠君。"人生不过百年，境遇万水千山。倘若临近六十光景，有了经历，便是见山就是悠悠白云了。

近日，闲来无事，我偶然翻读《儒林外史》，其中一句诗，令我颇为感慨。"买只牛儿学种田……且向山中过几年。"我想，山中牧田，牛儿做伴，再有"松花酿酒，春水煎茶"，人生当是功德圆满不虚此行了。

闲来读诗

> 旧时王谢堂前燕，
>
> 飞入寻常百姓家。
>
> ——刘禹锡《乌衣巷》

闲来无事，便读读诗。初读，有趣。细读，则觉得有味了。

一

东汉末期曹操，一生转战南北，壮志冲天。年老了写下《龟虽寿》一诗，千古传颂。其中的"老骥伏枥，志在千里；烈士暮年，壮心不已。盈缩之期，不但在天；养怡之福，可得永年"。表现了不甘心顺从"天命"，老犹奋斗不已的精神。宋朝黄庭坚曾任太和知县，治下政绩不俗，写诗也同样不俗。《登快阁》一诗，颇能反映他的心态与志向。"痴儿了却公家事，快阁东

西倚晚晴。落木千山天远大，澄江一道月分明。朱弦已为佳人
绝，青眼聊因美酒横。万里将船弄长笛，此心吾与白鸥盟。"
开篇自称"痴儿"，以当官处理政事为痴，可见其繁；中间四
句写景写事，快心快意，境界高远；末句以"此心吾与白鸥盟"
收结，表明希望脱离官场，返归自然。

二

　　唐朝高适，晚年算是官运亨通。但于五十岁前，其仕途却
也相当窘困。他的《封丘作》一诗，真实地再现了早年处境。
"我本渔樵孟诸野，一生自是悠悠者"，表明出身贫苦；"拜
迎长官心欲碎，鞭挞黎庶令人悲"，反映为官无奈，也表明体
恤民情；"乃知梅福徒为尔，转忆陶潜归去来"，表明向往东
晋诗人陶渊明辞官归隐的生活。清朝诗人郑板桥也当过官。郑
板桥为官也好，作诗作画也好，都不随大溜，颇具个性。《燕
京杂诗》一诗，就是他的代表作。"不烧铅汞不逃禅，不爱乌
纱不要钱。但愿清秋长夏日，江湖常放米家船。"

三

　　唐朝诗人刘禹锡，曾经官拜刺史。他的一篇《陋室铭》，
享誉天下。他的《金陵二题》，通过对比，抒发物是人非的感慨。
既给人启迪，也催人警醒。《石头城》诗曰："山围故国周遭
在，潮打空城寂寞回。淮水东边旧时月，夜深还过女墙来。"
《乌衣巷》诗曰："朱雀桥边野草花，乌衣巷口夕阳斜。旧时
王谢堂前燕，飞入寻常百姓家。"第一篇写石头城（即今南京

市），青山环绕，江潮涌动，还有那夜间临照的明月，依然保留旧日的面目和声势，只是城中的帝王将相已化为乌有。第二篇写乌衣巷，那里曾是权贵住地，而今显得异常荒凉。燕子依旧秋去春来，但已无东晋王导、谢安那样豪门大户的房梁可栖，只好飞到普通百姓家里营巢。石头城与乌衣巷的今昔，说明权势不足恃，富贵不可骄。

驮在纸船上的梦

鱼书欲寄何由达，

水远山长处处同。

——晏殊《寓意》

关于纸船，我有一篓的故事。少时，我们常常折纸船，折了一个又一个，大大小小的。

有一天，我与小伙伴终于造出一艘挺大挺大的船。那当然是纸船。船非常非常的美，非常非常的壮，当时想不出用什么语言才能够形容它，至今也依然想不出。记得船造出来的那个时刻，我们几位小伙伴高兴得在沙滩上直跳，抱在一起滚。我想，这么好的船，理应把它放归大海去，只有大海才能容纳它，才能给它自由。

于是，我们摘了些花，黄色的，水灵水灵的。我们把花放在船上，轻轻地，怕伤了花，也怕伤了我们的船。而后，我们又轻轻地把船放进海水的缘，再轻轻地送了出去。船悠悠地走了。我对小伙伴说，我们许个愿吧！

我不清楚小伙伴们许过什么样的愿。当时，我们都闭起眼睛，谁都没有说话，只在心里默想。其实，严格说来，那时我也不算许愿，我只把我的一个梦系缆在纸船上，让船将梦驮到远处的海。远处的海，想必就是海之圣殿吧。

时光，匆匆地来，又匆匆地走了。那稚嫩的晨曦，洒落在海上；那醇厚的夕阳，映衬在海上；那夜一样的梦，也漂荡到了海上。

我不再折纸船。因为，我长大了。

人生当读书

问渠那得清如许？

为有源头活水来。

——朱熹《观书有感》

　　人想干出一番大事业，没有真才实学不行。而真才实学的获得，来源于实践，也来源于读书。纵观古今，有很多故事给我们以启迪。

　　班固在《汉书》中写道："秦始皇躬操文墨，昼断狱，夜理书。"这位封建王朝的第一个皇帝，其处世方式与理政手段，颇使许多人不喜欢。然他对人生的认真态度，却是令人赞赏的。贵为一国之君，白天有多少朝政要办，却能坚持"夜理书"，足见他对读书一事的虔诚。看来，封建王朝的当政者，也不完全是不学无术之人。

　　北周大政治家吕思礼，也坚持读书不辍。《北史·吕思礼传》记载："虽务兼军国，而手不释卷。昼理政事，夜即读书，令苍头执烛，烛烬夜有数升。"好一个"烛烬夜有数升"！若不是作彻夜之读，何来如此之多的"战利品"。可见，不做皇帝做大夫，也当勤奋以学。

再讲一则老来读书的故事。刘向《说苑》所载："晋平公问于师旷曰，吾年七十，恐学已暮矣。师旷曰，何不秉烛乎？"人生七十古来稀，稍作歇息顾养天年也未尝不可，但师旷的一句"何不秉烛"，却使得晋平公重燃读书之心。

当代大文人鲁迅，一生著作甚丰。有人问，作品如此丰硕，何来时间？鲁迅答，我只不过是利用别人喝咖啡的时间而已。当然，鲁迅也喝咖啡，作为后人的我也不反对有时间去喝喝咖啡。然喝咖啡与读书，孰轻孰重，不是非常清楚吗？

当今，有不少人胸怀大志，很想闯出一片天地，这本是好事。然不思学，不求学，学之不求甚解，久之自然便是志大才疏，有眼高手低之嫌。依我推算，如此君子要有大作为实有困难。

读书目的大体有三，一曰自娱，一曰养性，一曰操习本领。而不管何种目的，对人大约是没有伤害的。为此，余斗胆鼓呼：人生当读书！

命　运

世路如今已惯，

此心到处悠然。

——张孝祥《西江月·问讯湖边春色》

　　活了五十余年，人生早已过半。曾让人算过三回命，但对"命运"之解，却总在似懂非懂间。

　　第一次是偶然为之的。十三岁那年的秋天，我在老家的中学读初一。有一天，一位路过的中年人说是算命先生，走进我家讨水喝。见先生一副清朗的样子，且谈吐风趣，便请他为我算一回命。先生说，你属牛，午间生，似是清闲的命，但其实不然。午间牛，上午犁田，下午还得去犁田。中午小憩，权当是眯一会儿眼，做一会儿梦。先生口里念念有词，掐指算了好一会儿，对我的一生下了断语，"心如天高，命似流云，一生辛苦，食禄无忧"。时间虽过了四十多年，但对先生这四句近乎于偈语的话却是记忆犹新。

第二次是主动求问的。十七岁那年，也是秋天。隔天就要参加高考了。几个同伴相约到一渔村，请一位算命先生算命。这位算命先生是个瞎子，足不出户，但据说能卜天下之事，且极灵。他对我说，你现在是命走平顺，春风得意，今年高考当名登金榜。他还说，如若考上了，别忘了买喜糖感谢。见他那一脸自信，心里着实非常高兴。没有想到，那年高考，我以两分之差落第了。

第三次是跟人去算命的。第二年春天，有几位好友想算算命，拉着我去。因为有前次算不准的教训，本不想去，后心又不甘，想再试试看，便跟着去了。这次去的是另一个地方，算命的是个老太，约六十岁。她不问生辰八字，却抓住我的手看起手相来。这次算命结果却是糟糕得很。她劝我不要再考了，反正是考不上，再用功也白搭。她说，你本是劳累的命，能在村里混碗饭吃就可以了，为人不可抗"命"。听了她的话，心凉了半截。而后又想，偏不听你的，再去考考看。再则，因为有第二次的"算不准"，对第三次的所算结果也就不完全相信。果然，这年秋天，我考上了大学。虽读的仅是专科，却也心满意足了。

后来，多次遇到算命的机会，我都避开了。我想，算与不算，其实都是一样的。如果说，算命真是一门科学的话，那也大可不用去算。好多东西，既是命中注定，算了既不会增加也不会减少，不算也是如此，何必去算？如果说，算命本是一门游戏，那也不用去花钱花工夫，算好的结果心里空欢喜一场，算不好的未免忧忧戚戚徒生悲伤，对自己也实在没有好处。

不过，虽不再去请人算命，却常常自我算上一卦。当年那个萍水相逢的算命先生，给我留下的四句话令人玩味无穷。心如天高，人生在世，谁不心高志远，梦想无限？命似流云，是如流云漂泊无定，无根无涯，还是如流云超逸闲散，自由自在？二者不得而知。但有一点可以肯定，命根里大抵喜欢做梦，且喜欢做些无羁无绊的梦。一生辛苦，食禄无忧，这二者关联在一起。因一生辛苦，肯下功夫，肯如老牛拉车，便有所衣有所食，有劳而获，心有一隅偏安了。回首半生往事，深觉当年那位先生断得真、断得准，断得有根有据了。

　　不管怎样，人生尚有多年光景。对"命运"两字，不敢不识，不敢全识，也不能全识，唯在似懂非懂间。说懂，天下之大，千变万化。个人之命运，随天地之变化，本无定格。唯修身、养性、齐家、平天下，方为命中至理。说不懂，日分昼夜，月有圆缺，浮生缘福，谁多谁少，本不公平，也难公平。因乎缘乎？用"运气"笼统称之，虽难释尽众人之所疑，却有欲语又止欲语还休之妙。看来，命运只有如此，也只好如此，如此而已。

　　不管怎样，对"命运"两字，永远在于似懂非懂说懂非懂间。懂了未必懂，不懂的也便是懂了。天生斯人，总有斯福，人生如斯，又何斯求呢？

浅谈幸福观

平川十里人归晚，

无数牛羊一笛风。

——杨基《春草》

对于幸福，不同的人有不同的理解。有的认为是财富，有的认为是爱情，有的认为是地位，有的认为是名誉，等等。幸福的感受远不止这些，幸福应当是多样的，多元的。

幸福最重要的基础，应当是和谐的理念。论和谐，包括三个层次，一是人与社会的和谐，二是人与人之间的和谐，三是人自身的和谐。第一种和谐，为我们提供了良好的社会环境；第二种和谐，为我们提供了良好的生活环境；第三种和谐，则为我们提供了良好的心理环境。只有当这影响我们人生的三个环境归同于和谐时，我们才会感到自由，感到快乐，也由此感到真正的幸福。

当今社会，对于前两种和谐有比较共同的理解，媒体宣传也多些。而对于第三种和谐，即人自身的和谐，则几被淡忘甚至忽略。实际上，人是否幸福，自身的和谐最为重要。试想，人当了官，有了社会地位，却天天惦记着李嘉诚式的财富，他会幸福吗？人有了财富，有了金玉般的生活，却时时奢想当政者的权力，他会幸福吗？倘若看见别人的房子大就骂两句，看见别人的车好就骂两句，看见别人知名度高就生气，他会幸福吗？人自身不和谐，怎会与他人和谐，又怎会与社会和谐。古人说，"知足常乐"，就是这个道理。

人自身的和谐，与文明教养息息相关。人与人之间的和谐，人与社会的和谐，也与社会教育和文明程度有直接的关系。当前，我们有些教育是缺失的。我们既要宣传并且鼓励个人奋斗，为实现自身价值而努力；也要宣传培养群体意识，维护社会公德；同时又要普及哲学教育，讲点辩证法思维。人的发展与成功，有个人努力、有社会环境、也有机缘概率。我们既要求社会提供公平竞争的条件和机会，又要承认现实尊重结果，乃至包容他人融合社会。

人的高贵，在于内心的高贵。人的幸福，在于内心的幸福。人的一生是短暂的。人的获取，说多则多，说少则少。说多，我们感受了阳光，吸纳了空气，经历社会沧桑，领略风雨雷电，享受生命带来的不同时期的精彩。说少，普天之下，多少名利地位，多少物资财富，我们又能享受多少消化多少呢？如果能拥有自由的思想，快乐的精神，并以此获取心灵的宁静，那就是最大的幸福了。

甘于寂寞

板凳要坐十年冷，
文章不写一句空。
——范文澜

人生多寂寞。甘于寂寞，才能凝神守志，含辛茹苦；甘于寂寞，才能淡泊明志，宁静致远。人类所有成就事业者，无一不穿过长长的寂寞之道。

古人说："工欲善其事，必先利其器。"历史学家范文澜说："板凳要坐十年冷，文章不写一句空。"人生匆匆，要在短暂的人生中成就一番事业，就必须沉得住气，从容地砥砺本领，磨炼意志，于深厚扎实的基础上构筑理想之厦。寂寞是一种境界，一种涵养人生大智大慧的境界。只有在寂寞的阅读与漫长的思索中，才能将科学、知识与哲理，融会贯通于志存高远的人生。

　　现代社会，由于生活的多彩，由于富贵场的诱惑，由于锦绣堆的招引，不少人更趋于急功近利。"路多歧而亡羊。"好些人走向浮躁步上浅薄，为满足一时的生活欲望而放纵自流，有的制造虚假，有的沉沦堕落。这些人最终的结果是毁了自我、伤害了社会。

　　任何一个时代的主旋律，任何一个民族的最强音，都由默默爬坡的人踏响。耐住寂寞，丰富人生，不是简单的语言游戏，而是严肃的人生实践。人生，不要急于发布宣言，而要不论风与雨都保证宁静，不论收成多少都先慷慨付出，重在参与，重在奉献。我们有理由相信，天亦有道，甘于寂寞的人必将能收获灿若繁花的人生之果。

风 景

悄立市桥人不识，

一星如月看多时。

——黄景仁《癸巳除夕偶成》

在一片青翠的草地上，站着一位稚童。稚童手牵着牛，头顶一轮刚刚浮上山岗的太阳。

在一拱古老的小桥上，站着一位少年。少年手撑着伞，倒影晃荡着映在桥下的河面。

在一湾金色的沙滩上，站着一位青年，青年目光如炬，眺望满眼舟橹的大海。

在一座墨绿的山上，站着一位壮年。壮年微驼着背，硬朗的肩膀与山尖一样高。

在一棵如羽如盖的榕树下，站着一位老年。老年的额头刻满沧桑，落日斜照在他的身上。

人生要有点想法

天生我材必有用。

——李白《将进酒》

人生在世，约近百年，光景似有点长。奔走于人世间，要有点想法，不断地不断地有点想法。有点想法，才活得有动力，有能量，有些趣味盎然。

少年读书，老师给学生布置写作文，遇见题目常常是"我想当××家"。老师是好意的，题目也有启发性。当啥？你定，由着兴趣与志向。大家很是兴奋，展开想象的翅膀。有的写当农民，有的写当工人，有的写当教师，写得较多的是当科学家。当科学家光彩，有学问，也能为国家做贡献。老师总是笑笑，夸奖一番，鼓励一番。

我读高中时，有一位有香港亲戚的同学，说自己想当美食家。他完全没想到这样写，竟然炸了窝。老师将他的作文拿到课堂念，引来一阵哄笑。同学们没有恶意，只是笑他"贪吃鬼"。老师却批评他，这种想法很可怕，图享乐，有腐朽思想。老师要他讲清楚，凭啥有此想法？他百口莫辩，嘟嘟囔囔，说是看了香港亲戚带来的杂志，认为当美食家挺好，可以遍尝各地好吃的东西。学校政治处将他当典型，当成加强教育的对象。

从现在看，当年"美食家"的遭遇有些令人啼笑皆非。但在那样的年代，又有什么事不能发生呢？所庆幸的是，从小学到中学，我所写的都是"我想当一名记者"。歌颂亲爱的祖国，歌颂伟大的人民。

人生在世，每人都有每人的念想，每人都有每人的活法。少年时浪漫，玫瑰与梦多些，想法也就多些。很多想法寄托美好，但不一定为自己所希望、所需要，也不一定能切合实际。敢于将心中所想说出，总是好事。青年时热情，一腔热血，风华正茂，希望为社会尽责任，干大事，做贡献。我们应当鼓励，为他们施展才华提供平台。有的青年希望通过奋斗，实现"五子登科"，那也无可厚非，真情实意永远是社会创建的垒石。中年时实诚，历经风雨沧桑，对现实判断渐趋成熟，也相对精到，知其所能为所不能为。中年时期，有些想法虽"婆婆妈妈"，那也是社会与家庭之所必需。"各尽所能，按劳分配""各尽所能，按需分配"，我们应当提倡并遵守这样的社会规则。到了老年，理想已经淡化，热情已经消退，唯身体健康为第一目标，天伦之乐为基本需要。善待老年，善待老年人，一个文明的社会，应当成为老年人温馨的天堂。

李白说，"天生我才必有用。"材不同，用也不同。你可以奋斗，当政治家；你可以奋斗，当企业家；你可以奋斗，当科学家；你可以奋斗，当艺术家；你也可以奋斗，找一份普通职业，挣一些普通收入，当一个普通人家。

人生要有点想法。只要你用人性温度融入社会，你就可以思你所思，盼你所盼，为你所为，获取你所获取的。你有目标，你想付出，社会就应为你提供条件，身边的人就应为你点赞。

人生要有点想法。我大学时期的一个同学，向我说过一件事。当年，这位同学上山下乡，到过平和一个贫穷山村，结识了当地一位农民朋友阿力。有一个晚上，他问阿力，一生最想最想的，是啥事？阿力挺认真挺深刻地想了想，告诉他，最想最想的是，有一锅大米饭，有一盘红烧肉，能吃个饱，吃饱了去睡觉。他听了很感动，阿力终于有理想了一回。

人生要有点想法。前些日子，我遇到高中时期那位想当"美食家"的朋友。因为好多年没有见面，我问他这些年干了些啥。他说，高中毕业后没考上大学，就回家务农了。大约在二十世纪八十年代中期，他娶妻生子，日子过得有点难。那位香港亲戚回东山探亲，资助他一些钱，让他开海鲜酒楼。他想了想，感觉挺好，既赚钱养家，又能圆当"美食家"的梦。于是，他干了。他对我说，真好，这辈子有福了，比别人多吃不少好东西。

人生要有点想法。我想起了，老家盛产的巴浪鱼，还有用海鲜滋养的黑猪肉。感觉真好！

由一个联句而想起其他

春风大雅能容物，

秋水文章不染尘。

——邓石如

有一年秋天，赴四川旅游。在一山巅处，偶得一联：春风大雅能容物，秋水文章不染尘。上联说要有气量，能容人；下联说要讲真话，不打诳。一个人，应当有这样的品格。有了这样的品格，才能立身立世，才能成就一番事业。

人生在世，以个体存在于社会群体之中。人与人之间要共同生活，共同劳作，在不断的排列与组合中产生碰撞的力量，改造社会推动进步。如果没有容人之量，一切都是不可想象的。与此同时，人要面对同伴，面对人群，面对社会，如果不讲真话，而处以打诳欺骗，那人生不仅没有意义，而且实在毫无乐趣可言。因此说，能容人，讲真话，应当成为一种道德规范加以推崇和提倡。谁拥有这样的品格，谁就拥有一个完整而有意义的人生。

一个人如此，一个政党也当如此。一个政党，是由一群又一群一批又一批的人组成的。同一政党的人，应当是志同道合的人。这种志同道合，讲的是一种主旋律。它应当是大合唱。大合唱才有力量。政党内部，也应讲求容人。只有容人，才能磨合调和，才能凝结力量。而要做到容人，就要人与人之间都讲真话，表达真诚的意志和愿望。有不同意见不要紧，求大同而存小异。海纳百川乃成滔滔流水，一路向东。我们讲的矛盾的普遍性和特殊性，我们讲的科学性和民主性，与这都是同一道理。

一个国家更应如此。特别是我们这样一个泱泱大国，更应有这样的品格。中国有长江黄河，也有湖泊小溪；中国有五岳大山，也有丘陵绿野。一个"容"字，就集结了四方八面；一个"容"字，就集结了五十六个民族，十三亿的人。各个民族，各个阶层，都必须讲求平等相待，真诚面对。讲真话，将纯洁空间；能容人，将寥廓空间。所以，我们说团结就是力量；所以，我们说调动一切积极因素团结一致同心同德奔向未来。

春风大雅能容物，秋水文章不染尘。愿以此作为一种品格立人、立党、立国。

生 命

纸上得来终觉浅，

绝知此事要躬行。

——陆游《冬夜读书示子聿》

在很多城市的显要处，都高挂着一面大钟，每半个钟头报时一次。那"当，当，当"的钟声，既在昭示时间，也在昭示生命的增加和减少。朋友，当钟声敲进你的耳鼓，你是否获得了某种生命的暗示？

流星有生命。流星的生命虽是短暂的一瞬，却划出一条灿亮的弧线，让生命洋溢光明；秋虫唧啾，不论昼夜，只为展示生命的存在，在世间留下音调并不算高但却是竭尽全力的绝唱。宇宙万物，不论一瞬与永恒，都对生命做了不同价值的诠释。

有的人热热闹闹活着，死后却只能成为历史的匆匆过客，默默无闻；有的人活着时，潦倒终生，死后却成为历史灿烂星

空的泰斗，余响不绝。人何以活？生命价值何在？一代又一代
的人来了，一代又一代的人去了。生当伟大，死当光荣。这种
伟大与光荣，并非要求我们人人都当名士、当英雄，而是我们
应当珍惜活着的生命，并赋予生命实在的意义。

生命实在的意义，不在于我们付出多少，也不在于我们收
获多少。而在于我们有所付出有所收获，在投入与回报的循环
往复中，有一份真挚，有一份专注，有一份惊喜，有一份实在，
使我们的生命变得丰富而生动。真正的伟人不多，真正的勇士
也不多，我们大多数人拥有的，仅仅是蝼蚁般的平凡。只要我
们在平凡中深知生命的珍贵，拥有一点活得有意思的感觉，那
就足够了。

生命是短暂的，生命是可感知的，生命的价值是可大写的，
生命的意义是可延伸的。在匆匆的生命之旅中，我祝福天下所
有的人，走好，旅途愉快！

生命的季节

人生自是有情痴，

此恨不关风与月。

——欧阳修《玉楼春·尊前拟把归期说》

人的生命，犹如春夏秋冬，春天播种，夏天耕耘，秋天收获，冬天回忆与检索。

春天，我怀着希望播种。不问土地的肥沃与贫瘠，也不问生命的丰裕与艰辛。我在这属于我的土地上，用我的手，紧握着我的犁。脚下，有树根，有石块，磕绊着我的犁头，磕绊着我的足履。我不在乎。我知道，上天在给我生命的同时，也给我以责任。我没有权利逃避，也没有权利偷懒，我只有前行。闻着泥土的芬香，我欣然陶醉。于是，我开始播种。播下希望，播下明天。我坚信，我播下的希望，绝对不会比一个仁者畏怯，也绝对不会比一个智者更谦卑。我如同一位怀胎的母亲，期望着新的生命诞生。

夏日，我站在地上，盼过南来的风，盼过云外的雨。我播下的种子，除了阳光，还需要甘霖，需要滋润，需要催育。常常，风吹过我的土地，雨却落在别人的田头。我愤怒过，也曾怨叹，但无济于事。于是，我开始懂得追索，懂得寻找地下之泉。我急促上路，寻找泉眼，寻呀寻呀，终于寻到了。我拼命地挖，用心，用血汗。水出来了，先是一点，又一点地，慢慢，终于溢出了一泓清泉。我的土地不再缺水，种子开始发芽、开花、抽穗。我问自己，秋天会有好收成吗？

秋天，我和别人一样收获。别人的谷粒显然饱满些。而我，既不干瘪，也不壮实。我如此辛苦，谷粒却未必比别人好，心里便有了又酸又苦的感觉。但不管如何，我播种了，我耕耘了，且用了十分的心十分的力。创造便是快乐。它是靠自己力量挣来的收成，自是甘美无比。我把谷粒紧紧贴在胸前，贴进心里。我知道，那是新诞生的另一个自我。

好心的朋友为我鼓气。今年不好，还有来年。朋友的话使我感激。但他们未必知道，他们的收成并不如我，他们只有一个收成，而我却拥有两个收成。我在收获谷粒的同时，也收获了人生。我恨过，爱过，哭过，笑过，愤怒过，快乐过，沮丧过，而今，整整收获了另一个自我。我已知我，此生足矣。仁者的慈怀是用来宽容别人的，智者的慧根是用来点化别人的，而我懂得照料土地，照料自我，认真活过无悔地付出过，天底下还有比这更令人欢欣的事吗？

冬日未至。我想，即使到了冬日，那季节的迟暮，依然拥有一丝温暖、一丝光芒。我定然不会望着窗外的雪花而掖紧寒衿，也定然不会望着落寞的田野而黯伤干树上的寒鸦。我会在屋里摆一盆火炉，再添上一把柴，将迟钝的心张开，然后检索自己。我这一年，究竟干了什么？是福泽于人抑或亏欠于人，是认认真真抑或糊糊涂涂，留下些什么又带走些什么？不管怎样，我期待来年一春。

生命之光

会当凌绝顶，一览众山小。

——杜甫《望岳》

人生茫茫，生命之光在哪里呢？

有人说，在山巅。生命之路恰似登山之路，山巅是人生的顶点。于是，不停地爬，不停地攀。一茬一茬的人前行，一茬又一茬的人接踵而来。登上山巅的人毕竟不多，要超越弱者，还要与同样是强者的人竞技。上山了，登高远眺，无限风光，美不胜收，自然是好事。可你想到吗？世上有多少人能攀缘而上？就是让你登达，你也因匆匆赶路，比别人少了几许浏览路边风景的闲适。

有人说，生命之路，无所谓前途。走到哪里，就是哪里，路边的一草一木都让人动心。木之秀，草之翠，花之香，丝丝缕缕皆上心头。这种写意生活的随缘，未尝不是一种有趣的活法。可你想到吗？将心之睿智散于路边的风景，你便难以窥见生活的雄奇。要是人人都如此生活，则山难以伟岸，海不成博大，岂不悲哉？

生命之光在哪里呢？

亚历山大大帝曾给人类开辟了丝绸之路的丰饶世界。他去远征波斯之际，将财产悉数分给了大臣们。有一大臣问，陛下，你这样做，从此便一无所有了。他答，不，我有一笔最大的财富，那就是"希望"。他一辈子拥有希望，他活得有滋有味，活得有声有色。他成功了。

是的，生命之光就是"希望"。人类社会，伟大与渺小并存，雄奇与平淡同行。人生在世，不在于观山之雄，不在于赏花之美，不在于弄潮之险，不在于拾贝之趣，而在于你必须拥有"希望"，拥有一个只属于你的"希望的天空"。只要你活在巨大的希望之中，你就可以任意选择你所走的人生之路。

希望是燃烧生命的熊熊火焰，它将照亮你的前程，你的一生。只要拥有希望，你的生命之光便永远在闪烁！

独

　　世事漫随流水，

　　算来一梦浮生。

　　——李煜《乌夜啼·昨夜风兼雨》

　　独之意义，实在是妙处无穷的。

　　群之热烈，独之淡远，皆成人生一段歌，人生一首诗，人生一幅画。而细细品来，独的风景更为迷人些。

　　闲来无事，就读书。读累了，便歇着。再点燃一支烟，靠在椅上，任烟头一明一灭。此时，思绪漫开，或天上人间，或宇宙万物，或中外古今，皆可任意遨游。想起少时，看到报纸的铅字，就想长大后当一名记者，写尽人间风情，写尽社会百态，以正直之笔，为卑者立传，为英雄壮色；想起青年时，正是热血年华，想当一名当政者，为社会多架几座桥，为社会多造几条路，使世界道更宽，路更平；而今，已届中年，一沟皱

纹就是一片秋色。虽未暮深却偶也霜浓意重。唯独思时，一切
尽可去想，一切尽可在想象中去做，你完全拥有一颗自由的心。

人类的语言气象万千。有人快于言，有人慎于言，有人讷
于言，有人缄于言。我是个喜欢说话的人，却常常有话说不出。
只有待到独处，面对残月，面对秋虫，才能知无不言，言无不
尽。有时金戈铁马，慷慨激昂；有时娓娓道来，绵绵不绝；有
时也扬也挫，有波有折。或高声，或低语，涌如大江直泻，缓
如小河流淌。那真是快意极了。

于月色苍茫时，我散步去；于小雨淅沥时，我散步去，或
月下或雨中，孑然独行，自有一份闲趣，一份淡泊。独，并非
为孤，唯独才能远尽无限。独之时，万事为我所想，万物为我
所有，万人为我所亲，以一而拥万，岂不美哉！独之时，若有
所思又若有所忘，偶有所得又偶有所失，飞之飘鸿，恢之苍茫，
岂不美哉！独之时，秦时明月汉时关，宋词清丽元曲幽怨，古
今多少事，尽在独之中，岂不美哉！

朋友，你喜欢独吗？

生活之美

> 等闲识得东风面，
> 万紫千红总是春。
> ——朱熹《春日》

近日，读一则禅诗，名曰《开悟》。
开悟之前
砍柴，挑水
……
开悟之后
砍柴，挑水
……

读罢《开悟》，确实有所悟了。是的，生活就是生活，生活还是生活。

倘若将人之一生，暂且算定为一百年。那么，在这一百年里，有很多生活内容将是简单重复的，有的甚至是酷无二致的。在社会生活里，每个人都需要吃饭、拉撒、睡觉，每个人都有过快乐、有过痛苦、有过突如其来的惊喜、也有过莫名其妙的困扰。在个人生活中，有不少简单的事情被我们不断地重复着做，日复一日，年复一年。细细想来，我们很多的人，一生都是这样在平淡无奇中度过的。我们很多的人，一生中的很多时间也都在这样平淡无奇中度过的。有一句歌词说，平平淡淡才是真。

平平淡淡中有没有生活之美呢？应该说，有。人生之旅，我们不可能天天都是风云乍起波浪壮阔，也不可能天天都是春意盎然桃花盛开。我们经历的大多是平常的琐事。这些琐事，不断再现，不断堆积。而这许许多多的事，不仅非常细小，也是微不足道的。然而，正是由于这些事，这些琐事的排列与组合，使我们的生命力得以张扬，得以时时展现，延续着我们的人生，丰富着我们的人生。使我们从稚嫩走向成熟，从简单走向复杂，从此岸走向彼岸，圆满完成生命的伟大旅程。从这个意义上讲，平平淡淡也是美。

平平淡淡，并非一生全都平平淡淡，我们有时也会窥见生活的雄奇与瑰丽。比如，当我们有所思有所行有所果的时候，我们就有了一种成就感。这种成就感将使我们增长自信，产生傲视天下的雄心。比如，当我们做了一件好事，做这件好事时我们很快乐，而且也使别人快乐起来。当快乐与快乐接踵而至而且推波助澜的时候，我们就有了一种弥漫全身的喜悦。这种喜悦澄化了我们的心境，升华了我们的灵魂。比如，当我们爱一个人，而且将爱传导给所爱的人。此时此刻，我们就进入一种激动不安的等待。当我们在等待中隐约触摸到对方具有相同的等待，感受到扑面而来的春风，我们便有了摩顶贯胝的战栗。

这种战栗，令我们为之感动，为之流泪。我们的生命，有了不竭不止的血液，有了冲决一切的勇气。于是，我们大声地对世界说，活着真好！

　　人生匆匆，不外乎来到这个世界上，体验一番经历，再悄悄地离去。我们需要经历平淡，没有平淡也就没有生活。与此同时，我们也要把握机会，每一个稍纵即逝的刹那，尽情享受生活，尽情享受生活带给我们的全部美好。也许，人生的某一瞬间，才是我们最向往的、令我们如醉如狂的奇妙境界。

听一首歌而想起的

关关雎鸠，在河之洲。

窈窕淑女，君子好逑。

——《诗经》

一

很早以前，我就读过台湾作家琼瑶的小说《在水一方》。后来这部书被拍成电视剧，火遍大江南北。剧中的情节大都已经忘了，只知道那是一个凄婉的爱情故事。唯有主题歌《在水一方》，却一直萦绕心头，久久不曾离去。

二

"绿草苍苍，白雾茫茫，有位佳人，在水一方。我愿逆流而上，依偎在她身旁，无奈前有险滩，道路又远又长。我愿顺流而下，找寻她的方向，却又依稀仿佛，她在水的中央。"

人生茫茫，人们一直都在寻找。有些东西是看得见而且寻得着的，有些东西则是看不见也不用找的。倘若是这两者，那倒也简单。问题是有些东西既看得见但又难以寻着，那就大用心思大费周折了。看与不看，肯定已经看到了。找与不找，肯定是要寻找的。怎么找？能找得到吗？

三

"我愿……"

"我愿……"

若是逆流，前有险滩，且道路又远又长。若是顺流，却又依稀仿佛。从这里看过去，佳人就在那边，在水一方。真的冲向那边，佳人却又不见，回头一望，原来漂向水的中央。如此一来，佳人何在？我又何往？真真令人彷徨徘徊，大是折磨。

四

"关关雎鸠，在河之洲。窈窕淑女，君子好逑。"佳人既然可遇，自当可求。前有险滩，那是当然。道路又远又长，那也无妨。人的一生，就是一个充满追求的过程。追求，给人以自信，给人以勇气，也给人以乐趣。人生如果没有追求，那就没有半点意趣了。

我常常与朋友聊天，常常讨论这么一个话题。人应当如何活着？答案非常之多，简直可称为五花八门。但细细想想，还是可圈可点。人的一生，充满乐趣，也充满挑战。活，就要活得生动，活得有声有色。生命的生动，来源于对生命的真爱，对生命的张扬。倘若把生命禁锢起来，掩盖在云里雾里的迷彩之中，那将是对生命的亵渎。

五

人类的希望，全在于人的创造力。而创造力的产生与爆发，就在于人的理想与追求。这种理想与追求，不管是单体的，还是群体的；不管是个性的，还是共性的，只要没有偏离人的正常思维极限，都是应该予以保护的。

在这里，我要提到这么一个词，叫作"发展"。大千世界，生物的腐化与再生，再生与繁衍，都是一种发展。人的感情的止息与新生，新生与再生，也是一种发展。社会的进步，就是有些东西湮没了，有些东西升浮了，有些东西静止了，有些东西前推了。

六

似乎扯远了。

还是回到《在水一方》。

"有位佳人，在水一方。"

说实在的，有时我也依稀仿佛。哪位是佳人？何处是佳人？是一个人？是一位女神？或是回荡在我心中的一首歌谣？抑或是洋溢在我生命中的一注潜流？

不管怎样，我将划桨前去。

送你一个太阳

芦花千顷水微茫，

秋色满江乡。

——陈亮《一丛花·溪堂玩月作》

在这冷寂的夜，寒风叩打着窗。你的小屋，依然亮着孤灯。小城的人，大都喜欢早早入梦，然而你竟醒着。

朋友，何必这般辛苦？你读的书未必有用，有的人半字不识却一夜暴富；你写的文章未必有用，闲来无事可吹吹弹弹。岂不闻"人生识字糊涂始""刘项原来不读书"。

你可记得，那年高中毕业，一群同学聚在一起。你扬起高傲的头，大声朗读"王侯将相宁有种乎？"那神态，使人好生感动，至今难以忘怀。大学毕业时，你回家来了，我为你祝福。问及你的志向，你说"天涯何处不征尘"。有时想来，你也够颠够狂。自古英雄多磨难，当个平民百姓自在潇洒得多。

而今，你已届中年，秋色渐近。这些年来，你左冲右撞，做了不少事情，有人说你飞黄腾达，有人说你春风得意。而我，最知你的心事。你的期望还远在彼岸。我曾笑你，心比天高，命比纸薄。每当朋友三五成群，你常常慷慨激昂，又常常黯然神伤。有时，你奔向海边，远眺孤帆。那肃然的神情，不由令人想起"风萧萧兮易水寒"的诗章。

朋友，我要好好劝你。你常说，人生必有所得必有所失；你常说，要常怀感激之心去面对一生；你常说，快乐人生，苦难也人生；你常说，知不足而后知足；你常说，人活着，已是一份机缘，一份幸福。这一些，你忘了吧？难道你竟忘了？世间的路有千条万条，条条大道通罗马。

不管怎样说，我仰慕你高傲的心、远大的志、率直的性情。我要为你画上一个太阳，用奔涌的血浆做颜料。那亮丽的红色，或许能为你捎去一丝的光明。然后，我再为太阳画上一个微笑，让笑意融化你结茧的心。

在这冷寂的夜，寒风叩打着窗。朋友，请让我送你一个太阳，为你祝福。

第四辑　智慧人生

想起孔子

夫仁者，己欲立而立人，

己欲达而达人。

——《论语·雍也》

　　繁忙之余，偶尔会想起孔子，想起这位两千多年前的思想大师。他的一些话，至今读来，依觉新鲜如初，回味无穷。

　　孔子曰，仁者，爱人也。仁爱之道，忠恕而已矣。孔子的话，其核心就是"仁"。对"仁"的阐述，孔子用"爱人也"一语冠之。茫茫世界，芸芸众生，唯爱才能繁衍社会，滋润社会，光大社会。人与人之间，族群与族群之间，国家与国家之间，倘能相互珍惜，和谐共存，便可消弭阴谋平息纷争。环球同此凉热，岂不快哉！仁爱之道，一是忠，二是恕。忠则忠君、忠事、忠人，忠君即热爱国家，忠事即尽职事业，忠人即真诚待友。恕则宽恕、包容、善待。孔子曰"君子和而不同"。人与人之间倘能相互理解，求同存异，则如阳春三月和风拂面，岂不乐哉！

孔子曰，己所不欲，勿施于人。人生在世，各有各的活法，人人都有自由生存的权利。每个族群，每个国家，都有不同的文化习俗，都有不同的价值观念，都应当得到尊重和保护。如果怀一己之私而危害公众，怀一国之私而祸乱世界，便是践踏人性破坏公道。贪婪、专制与强权，都为人类之敌人，都为历史所不齿。

孔子曰，不患寡而患不均，不患贫而患不安。人人都有生存权、发展权，人人生而平等。一个好的社会，应当创造机会，议定公约，让每一个人都能自由参与竞争，在竞争中展示，在竞争中获得。公开、公平、公正，科学、民主、法制，应当成为社会最常见的用词，最深刻的灵魂。当年孔子"有教无类"，让三千弟子平等学习，于是有了颜回、子路、子由等智者。当年孔子周游列国，执道布施，致儒家文化活跃中国历史，于是有了孔子塑像，于是有了孔子学院，于是有了千年不朽的孔子！

想起孔子，于是想起很多。

修身立德 以德化人

儒有澡身而浴德。

——《礼记·儒行》

澡身，就是修身；浴德，就是立德。修身立德是做人的根本。

何为德？古代先贤有关于德的论述。《礼记》说："德者，本也；财者，末也。"道德、品德是一个人立身处世的根本。财富是需要的，但并不是最为重要的东西。吕尚在《文韬》中说"免人之死，解人之难，救人之患，济人之急者，德也。德之所在，天下归之"。在今天，为社会服务，为人民服务，解危扶困，乐于助人，就是人的大德。

《诗经》说，"高山仰止，景行行止"。品德像大山一样崇高的人，人们一定敬仰他；行为光明正大的人，人们一定效法他。孔子说，"德不孤，必有邻"。孔子认为，品德高尚的人不会孤立，必然有人敬佩他，与他为伴。

中国传统文化注重道德修养，提倡人们以德感人，以德化人。孔子说"其身正，不令而行；其身不正，虽令不从"。讲的就是这个道理。历史上，中华民族曾经出现过无数以德化人的人物。西汉名将李广英勇善战，风范高洁。他曾率千军万马对敌作战，为汉民族立下赫赫战功，被称为"飞将军"。更难能可贵的是，李广爱兵如子，与士卒同甘共苦。"士卒不尽食，广不尽食。"他清廉仗义，"终不言家产事。"李广打仗，士卒个个奋勇杀敌。李广去世，"天下知之不知，皆为尽哀。"

"桃李不言，下自成蹊。"桃李虽然不语，因有美丽花朵，有甜美佳果，人人争先观赏，乃至于树下踩出路来。杜甫诗云："好雨知时节，当春乃发生。随风潜入夜，润物细无声。"以德化人，似那雨露甘霖，润物无声，滋养人们心田。唯其如此，社会充盈相亲相敬的美好情感，共创互帮互助的和谐氛围。

北宋史学家司马光有句名言："才者，德之资也；德者，才之帅也。"自古至今，皆倡导德才兼备，以德为先。修身立德，以德化人，既可成长自己，又可惠及他人。诚如是，人的一生，必将收获丰硕果实，必将走向坦坦宏途。

做"为仁"之人

为仁由己，而由人乎哉？

——《论语·颜渊》

在中国古代，儒家将"仁"作为最高道德准则。关于"仁"，"仁"的思维模式，"仁"的文化心理，对演绎中国历史，对锻造民族性格，发挥极其积极的作用。

何谓"仁"？孔子说，仁者爱人，忠恕而已矣。一曰爱，热爱，爱护；二曰忠诚，忠诚于君，忠诚于事，忠诚于人；三曰宽容，理解他人，包容他人。后来，孔子又将"仁"做进一步阐述，包括仁爱、仁义、仁厚、仁慈等，也包含忠、义、礼、智、信等美德。

不论古代，抑或现代，"仁"都是一种高尚风范，为人所礼敬，为人所遵循。世间许多善行，大都包括在"仁"的内核里。完善人生品格，追求人生价值，应当具有"仁"的品德，达到"仁"的境界。

孔子说:"为仁由己,而由人乎哉?"人是"仁"的主体,践仁而后达仁,全在自己努力,不能依赖别人。一个人,要成为有仁德的人,要看他能否自觉加强学习,提高修养。漫漫历史长河,纵观优秀人物,都是走"为仁由己"道路,方始走向辉煌人生。

历史名人黄道周,堪称"一代完人"。他出身贫寒,一生抱有爱国为民的崇高理想。他勤奋读书,审问慎思,终成理学大师、大书法家、大教育家。在民族危难之际,他以民族大义为重,募兵奋起抗清,"明知不可为而为之",最后被清兵所俘,英勇就义于南京。明末学者徐霞客评其"字画为馆阁第一,文章为国朝第一,人品为海内第一,其学问直接周、孔,为古今第一"。

爱国华侨陈嘉庚,堪称杰出人物。他出生于贫苦人家,为了创业远渡南洋。在经商中,他仁义待人,真诚待人,获得巨大成功。抗战时期,他自捐巨资,又发动华侨捐款捐物,竭尽全力支持祖国抗战。他深知教育对中华民族何等重要,坚定不渝,倾心办学,在故乡办集美学村,办厦门大学,为国家培养大量人才。至于个人,却生活俭朴,吃家常饭,穿普通衣服。陈嘉庚先生堪当"为仁"之人,赢得"华侨旗帜,民族光辉"的崇高美誉。

孔子说,好仁者,无以尚之。意思是说,爱好仁德的人,是最好的人。孔子又说"仁远乎哉?我欲仁,斯仁至矣。"孔子的话,对我们来说,是一种倡导,一种教育,一种鼓励。只要"为仁由己",修身养性,勤勉而为,我们就一定能弘扬"仁心",实现"仁德",创造美丽和谐的理想社会。

为德当允执其中

中庸之为德也，其至矣乎。

——《论语·雍也》

"中庸之道"是儒家最高的道德境界。孔子说："中庸之为德也，其至矣乎。"《论语·尧曰》记载，尧在晚年把王位传给舜时说："天之历数在尔躬，允执其中。"意思是说，上天的大任落到你身上了，你要坚持不偏不倚，循行正道。舜传王位给禹时，也说了同样一番话。可见，我们的祖先不仅将"允执其中"当作为人处事的方法，而且也作为从政治国的方略。

何谓"允执其中"？朱熹《中庸集注》作了注解："中者，不偏不倚，无过不及之名。"用今天的语言来讲，就是掌握分寸，适时适度，恰到好处。任何事情，都有一定标准，"过"与"不及"都会发生误差，唯"不偏不倚"才能办好事情。

"允执其中"这一成语，其要旨在于"中"。"不偏谓之中"，"无过便是中"。如何执"中"，并非易事，须记三忌：

一忌处事偏私。古人云："公则百美基，私则百弊生。"《吕氏春秋·贵公》说，成功与失败，其重要原因就是"其得之以公，其失之必以偏"。为人处事，不能凭个人好恶，应远不加非，又近不偏袒，做到公正公平。

二忌言行过头。操心办事，享受生活，既不能太刚，也不能太柔；既不能太缓，也不能太急；要"归诸中和而已矣"。宋朝政治家、史学家司马光说："太刚则暴，太柔则懦，太缓则泥，太急则轻。"

三忌固执无权。这里的"权"，指懂得变通。孟子说："执中无权，犹执一也。所恶执一者，为其贼道也，举一而废百也。"所谓"执中无权"，就是墨守成规，不讲通变。孟子主张，凡事必须调查研究，体察不同环境，根据具体情况做出决定。这与当今我们所说的"具体问题具体分析"同一道理。

讲"中庸之道"，讲"允执其中"，并非说为人处事没有原则，不分是非，一切折中调和，而是要深入调查研究，找出事物"内在本质"，也即求"中"；之后采取中正、中和，即以适度适当方法加以解决。"允执其中"，讲的就是辩证法。

允执其中，应当成为人们的处世准则。它对于涵修公正品德，培养健全人格，协调人际关系，能办好事，能办成事，都具有重要的意义。

以和为贵

> 礼之用，和为贵。
>
> ——《论语·学而》

"以和为贵"指的就是"人和"。"人和"就是人心和顺，关系和谐。《孟子·公孙丑下》中说，"天时不如地利，地利不如人和。"荀子在《王霸》中说："农夫朴力而寡能，则上不失天时，下不失地利，中得人和而百事不废。"可见，"人和"极为重要。

人和国势强。司马迁《史记·廉颇蔺相如列传》记载，赵国宦者令门客蔺相如，出身低微，为国立了大功被赵王封为上卿，位居老将廉颇之上。廉颇很不服气，扬言要羞辱蔺相如。蔺相如闻知，处处回避，礼让有加。蔺相如的家仆以为他胆小怕事。蔺相如说，秦国之所以不敢侵赵，是因我与廉颇将军同在。如果两相矛盾，必有一伤，强秦必然侵赵。国家利益为之首要。廉颇闻后，自感惭愧，上门负荆请罪。自此结为生死之交，其"将相和"为后人所称颂。赵国也因文臣武将团结日趋强盛，秦在相当长时间不敢侵赵。

人和天下宁。据《汉书》之《匈奴传》记载，南匈奴单于呼韩邪统一匈奴后，向汉元帝求亲，愿做汉家女婿，永结同好。汉元帝欣然应允，遴选王昭君远嫁和亲，于是有了"昭君出塞"的故事。昭君出塞，化干戈为玉帛，结束汉匈百年战乱纷争，边境呈现和平兴旺气象。

人和百事兴。《三国演义》记载，东汉末朝，曹操挟天子以令诸侯，占了天时；孙权雄踞江南，占了地利；而刘备既无天时也无地利，只能占居"人和"。刘备待人仁厚，礼贤下士，安抚百姓，深得人心。因为"人和"，刘备从困境中崛起，与曹操、孙权争雄，形成三国鼎立。荀子说，"和则一，一则多力，多力则强，强则胜物"；荀子又说："争则乱，乱则离，离则弱，弱则不能胜物。"荀子阐明了"和"与"争"的辩证关系。

如何做到"人和"呢？首先是同心同德。从大处说，国家富强，社会和谐，是我们的共同愿望。理想一致，目标一致，做事方法可以民主讨论而定。从小处说，有缘来相会，相逢便是缘。讲尊重，讲礼敬。其次是互相谅解。遇到矛盾纠葛，不针尖对麦芒。凡事可以商量，包容而且谦让。俗话说，"忍一时风平浪静，退一步海阔天空"。再次是遵法守制。每一个人，都要依法纪而行，依公德而行。倘若遇见一些协调不了之事，不凭个人意气龙虎相斗，要通过社会机制求得公正解决。我们所说的创建和谐社会，其核心就是"人和"。

有亲能养　养亲必敬

今之孝者，是谓能养。

至于犬马，皆能有养，

不敬，何以别乎？

——《论语·为政》

　　孔子创立儒家文化，孟子光大儒家文化。儒家"以仁为本"，孝德则为"仁之本"。千百年来，"百善孝为先"，被奉为重要的道德规则。

　　"父子有亲"。父母对儿女的恩情，实在是天高地厚。从十月怀胎到呱呱坠地，到长大成人，父母倾尽多少心血。稚童喂奶喂饭，穿衣着鞋，无微不至；儿女上学，既当家长，又当老师；儿女生病，东家请医，西店找药；儿女长大，离家独立生活，父母仍是牵肠挂肚。唐朝诗人孟郊《游子吟》云："慈母手中线，游子身上衣。临行密密缝，意恐迟迟归，谁言寸草心，报得三春晖。"诗中表达母亲对儿女的深切关爱，也表达了儿女对母亲的报答之情。

父母恩情如此深厚，如此无私，那么孝敬父母，孝敬长辈，便是做人最起码的道德。孔子说，"善事父母曰孝"。在古代，孝被视为最高美德，强调"人之行莫过于孝""百善孝为先"。反之，则被视为大逆不道，禽兽不如。

自古至今，有许多关于孝子的故事。陆绩六岁怀桔，王祥"卧冰求鲤"，流传至今。晋代孝子王祥，其母生病想吃鲜鱼。时值数九寒冬，王祥便去卧在冰面，用体温化开坚冰，捕捞到鱼，孝敬母亲。"卧冰求鲤"成为教育儿女尽孝的生动教材。

"养亲必敬"，讲孝道，尽孝道。儿女既要赡养父母，让父母老有所养，丰衣足食；又要礼敬父母，让父母心情舒畅，颐养天年。所以，孔子说："今之孝者，是谓能养。至于犬马，皆能有养，不敬，何以别乎？"孔子的话，说明人与犬马之别在于"敬"。对父母尽孝，最重要的是尊敬与关爱。

奉养父母，在于"敬"与"爱"互为结合，让父母心情愉悦，精神得到安慰。比如，天气发生变化，嘘寒问暖，提醒他们增减衣物；遇到父母生日，送点礼物，当为父母祝福；倘若有事外出，言明清楚，请父母不必惦念；遇到重大事情，告诉父母，征求意见；在外儿女，常打打电话，常回家看看。

人生在世，每一个人，都有当儿女的时候，也都有当父母的时候。当儿女时，我们如能有亲能养，养亲必敬；那么，当我们渐渐变老，就能收获儿女之"养"之"敬"，就能心情舒畅笑口常开。种瓜得瓜，种果得果，人生本应如此，也本该如此。

一切都要顺其自然

人法地，地法天，

天法道，道法自然。

——《道德经》

中华文化源远流长，道家思想闪耀璀璨，值得深入研究。老子的《道德经》，是道家思想的奠基之作，寄寓丰富哲理，凝结深邃智慧。"人法地，地法天，天法道，道法自然。"提醒人们要尊重自然，尊重规律。也就是说，一切都要顺其自然。

比如，一年四季变化。这就是自然，就是规律。我们知道，一年之中，有春夏秋冬四季，每个季节各有不同，各有变化。春回大地，万物生机盎然，我们播种希望；夏日融融，万物茁壮成长，我们辛勤耕耘；秋天天高云淡，万物成熟饱满，我们收获果实；冬天万物萧疏，我们则选择"冬藏"，期待来年。

比如，每天日出日落，这就是自然，就是规律。清晨，太阳冉冉升起，普照大地；及至午后，徐徐向西；傍晚时分则成夕阳余晖，缓缓逝去；夜间，有了月亮，有了星星。白昼的"温"与夜半的"柔"，构成我们天天都要经历的内容。"日出而作，日落而息"，这就是我们亘古不变的生存智慧。

比如，一颗种子，从发芽开花到结果；一个人，从出生长大到衰落，也是自然规律。古代寓言中，有一则"揠苗助长"的故事。有一个农夫，感到田里秧苗成长太慢，于是每天都将秧苗往上拔，以为这样就可让秧苗尽快长大。殊不知，秧苗很快就死了。这位农夫，也成为千古笑话。

我们建一座大楼，总要从地基打起，盖几层楼就打多大的地基。从地基到结构，到封顶，得一步一步完成。缺一步，大楼垒不起来，就算垒起来也会倒塌。我们经商办企业，也要从市场调研开始，有市场分析，有企业策划，有技术支持，有销售网络，在这其中，就有规律与法则。

一切都要顺其自然。这并不是说我们不发挥主观能动性，听之任之，被动地接受自然规律的引导。实际上，老子告诉我们，做任何事情，都必须找到固有规律，按照内在逻辑去操作。只要顺其自然，遵循规律，便可一顺百顺，一通皆通。

人生处世需要大智慧

圣人自知不自见，

自爱不自贵。

——《道德经》

　　人生在世，活在社会底里，自然要与人打交道。如何认识自己，看待别人，处理好人际关系，是一门大学问。两千多年前的老子，为我们提供了人生处世智慧。老子说："圣人自知不自见，自爱不自贵。"

　　所谓"自知"，就是人要有自知之明；所谓"自见"，就是只看到自己，看不到别人；所谓"自爱"，就是懂得自我珍惜；所谓"自贵"，就是自傲自大目中无人。老子提出，人要有自知之明，不能只看到自己；人要懂得珍惜自己，不能自傲自大目中无人。老子为我们揭示了为人处世"自知"与"自见"、"自爱"与"自贵"的辩证关系。这是大智慧。

　　人的一生，要有目标，有信仰，去学习，去奋斗。但我们个人，却永远是"沧海之一粟"，能量再大，也是有限的。通过学习知识，通过累积经验，我们虽然有些本事，但山外有山楼外有楼，也有不及他人的。因此，我们既要保持自爱自信，又要尊重他人团结他人。民族英雄林则徐说过，"海纳百川，有容乃大"。这个"容"就是尊重、团结，就是汇合、凝聚。唯有如此，我们奋斗的事业才有坦坦通途，生活才能和谐快乐。

　　在中国历史上，有很多正反两方面的经验教训。秦始皇雄才大略，兼并六国，实现大一统。这份功业，这份才智，超越三皇五帝，足以青史留名。他"自见"却不"自知"，为自己定位"始皇"，认为儿孙自然而然成为二世、三世……直至千秋万代。于是，他骄奢暴虐，为所欲为。"焚书坑儒"，就是一个活生生例证。老百姓看到秦始皇如此残暴，揭竿而起，愤起造反。秦王朝仅建立不到二十年就走向灭亡，令世人惊叹。李世民南征北战，为唐王朝立下汗马功劳。他登位后，深谙"水可载舟，亦可覆舟"的道理，虚心采纳大臣魏征"偏听则暗，兼听则明"的建议，讲民主，讲清明，因此实现史上"贞观之治"。

　　人活在世上，要自爱、自信、自强，这是立世之本。与此同时，也要"吾日三省吾身"，常常看到自己不足，懂得尊重他人，善于团结他人，和谐共处，合作共事。诚如此，才能广结善缘，成就事业，造化生活，过一个快乐而且圆满的人生。

　　人生处世需要大智慧。

多学一点辩证法

祸兮，福之所倚；

福兮，祸之所伏。

——《道德经》

老子这一千古名句，讲出了辩证法原理，其影响可谓深远。老子认为，"祸"与"福"是一对矛盾，它们像一切对立的事物一样，存在着辩证关系，并且在一定条件下可以互相转化。

的确，无论变幻莫测的大自然，还是世事无常的人生，随着时间变化，呈现不同风景。有的人早上是王侯，到了晚上可能变成一介平民；有的人早年穷困潦倒，一有机会便时来运转，揽荣华富贵。许多的人，读过《红楼梦》。荣宁两府曾经煌煌一时，元妃省亲，"银子花得像流水一样"。到头来，皇恩不再，遇见横祸加身，树倒猢狲散。世人因此感叹："天有不测风云，人有旦夕祸福。"

战国时期，有"塞翁失马"的故事。一位老人叫塞翁，养了很多马。某一日，发现有一匹马丢了，邻居们为之叹惜，塞翁却不以为然，认为丢了就丢了，不必太在意。几天后，丢失的马跑了回来，还带回一匹骏马。邻居为之高兴，塞翁却说，凭空得到一匹骏马，未必是好事。其后，塞翁的儿子骑这匹骏马时，将腿摔断了。邻居上门慰问，塞翁又说，真是万幸，只是摔断了腿，还好没丢了性命。过了不久，外族大举入侵，年轻人都要应征当兵。塞翁的儿子因为断腿没有当兵参战。那次战斗，很多当兵的年轻人失去性命，塞翁的儿子却因此得到保全。塞翁一家，祸福相连，演绎悲喜交集的人间故事。

历史长河，人生短暂，有些祸事常常不请自来，有些幸福也常常不期而至。既然知道人生祸福相依，痛苦与快乐共生共处，那么，我们大约要做好三件事。首先是慎独慎为，认真做事。真诚待人，广结善缘。于事于人，尽量避免引"祸"之因；其次是遇"祸"不惧，坦然处之，想得开，看得透，该应对就应对；最后是见"福"不怠，淡然处之，不骄，不躁，不因此而张狂。人生潮起潮落，花开花谢，多学一点辩证法，从容看待得失，当是处世之大智慧。

功到自然成

> 大方无隅，大器晚成，
>
> 大音希声，大象无形。
>
> ——《道德经》

　　老子告诉我们，在这世上，端方的东西却似没有棱角，贵重的物件需要费时才能做成，有分量的话只用简单数语，真正的道理见诸普遍事物之中。

　　《史记》记载着这样一件事。孔子曾经拜访老子，向他请教"礼"。老子说："一个聪明的人，身上经常隐藏危险，因为他喜欢批评别人。一个渊博的人，也会遭遇别人打压的命运，因为他有时会暴露别人无知的缺点。因此，一个人要懂得守成克制，行事谨慎，广结善缘，不可处处占尽上风。"人生在世，不必过于张扬，遵守本分最好。大方无隅，内方外圆，是我们处世的人生智慧。

　　商周时代，姜子牙潜心修为，渭水垂钓，八十岁始当宰相；晋代大书法家王羲之临池学书，苦练二十余年，方成正果。他们的故事告诉我们，"成"与"功"有密切的关系，成是功的积累，功是成的基础。"大器晚成"，这里的"晚"指的是时间，是刻苦努力的时间，并不是"晚年"或"晚些时间"。一个人，无论年龄大小，只要目标专一、信念坚定、始终坚守、默默付出，就有望成功。

　　成功需要努力，成功需要等待。在成功没有来临之时，就一定要坚忍，坚持不懈。行动，永远比语言来得实在、有效。我们要坚信，行动将会带来福音，成功将会自然而然降临。为此，老子说"大音希声"，劝诫人们不骄不躁，不要将时间浪费在夸夸其谈上。

　　大象无形，在老子看来，"道"永远融于世间万物之中。真正的道理，通过普遍事物一点一点呈现出来。要接触"道"，阐释"道"，就必须从内修开始，以自己的心灵去发觉，去照见，去感受。能够悟"道"，而且循"道"，就将开启良好的开端，拥有完美的结果。

　　爱因斯坦说，成功 =x+y+z，x 代表勤奋，y 代表努力，z 代表少说空话。西汉司马迁游历名山大川，博览经典秘籍，忍辱负重，才有《史记》千秋留传。明代大医家李时珍，跋山涉水，遍尝千药，数十年来搜集整理，笔耕不辍，才为人类留下药学巨著《本草纲目》。就我看来，不论是爱因斯坦，司马迁，还是李时珍，他们都是悟"道"之人，循"道"之人，因此他们获得了成功。

放下心灵负担 回归生命本真

多积财而不得尽用，

其为形也亦外矣。

——《庄子》

人活在世上，有许多追求，有许多需要，也有许多负担。有些是必须的，有些则是可有可无的。我们要学会懂得加减，适可而止。

庄子做了一个形象的比喻：富人为了积累财富，不顾自己身体，拼命赚钱，钱虽多了，身体却废了，以致有钱不能完全享用。钱对他们又有什么价值呢？用有限的时光，换取对自己未必有意义的东西，这实在是一种浪费。

在我们身边，经常有人抱怨活得太过辛苦。究其原因，就是人生目标设定太高，结果势必出现两种情况：一种是没有算清自己有多少能力、经验，虽多方努力，导致身心俱疲，其目标却难以实现；另一种是，历尽千辛万苦，最终挣得某件东西之后，却发现自己并不真正需要，于是失望与无奈同时涌上心头。

也有人整日怨天尤人，无端烦恼。此是为何？其原因有二：一是没有自知之明，不从自己身上寻找问题，而是责怪老天不公，或者别人挡道，便生满腹怨恨；二是苛求自己，对机缘对能力缺乏恰当评估，总认为是自己这个不好那个不对，自怨自艾，苦闷不已。凡此种种，于人于事都是极端认识所致，并不可取。

人生在世，有些事当于"庙算"，也即客观评估，"谋定而后动"。比如，对于目标，你应审慎评估，是否为我们所需要？如果不是，则当弃则弃；如果需要，也应有"自知"之明，看看凭自己能力与经验，有没有可能实现？如不具备成事条件，也应当弃则弃。前一种如若不弃，事后必然后悔。后一种如若不弃，事中必然饱受折磨，事后必然劳而无功。再比如，任何事物想要成功，一要机缘，二要条件，三要自身努力，也即我们所说的"天时、地利、人和"。如无这些因素，则难以实现。对此，我们不必过于埋怨别人，也不必无端苛责自己。将什么事都归咎于他人，是不好的行为；将什么事都苛责于自己，也是不好的观念。当压力不再是动力，自加压力就是自我伤害。

"千江有水千江月，万里无云万里天。"人生有两件事最为重要。一件是活着，满足生存条件；另一件是快乐，活得有些滋味。人生所要，不用太多，弄清我们内心需要，其余皆可有可无，放下心灵负担，回归生命本真。

追求超然与快乐

子非鱼，安知鱼之乐？

——《庄子·秋水》

人生在世，每个人心境不同，感受也不同。你快乐，别人不一定快乐；别人喜欢的，不一定是你所喜欢的。人不必以己度人，也不必以人度己。一个人，只要心中有目标，有希望，尽力做好自己，那么他必然充满快乐，不会绝望和痛苦。

河里的鱼，游得从容自在，应该是快乐的。我不是鱼，我不能感受鱼的快乐。但我看着它，欣赏它，我也有我的快乐呀。"子非鱼，安知鱼之乐？"鱼非子，安知子之乐乎？自由自乐，乐矣。

真正的幸福感，来源于自身天性的兴趣，来源于自身身心的舒展，来源于自身追求的满足。据说，有一群年轻人无所事事，他们没有人生方向。也不知道什么是快乐。于是，他们相约去请教大哲学家苏格拉底。苏格拉底没有正面回答年轻人的问题，而是提出一个要求："请你们发挥最大的能力，先帮我造一艘船吧，然后我再答复你们。"就这样，这群年轻人开始忙碌起来。到森林去砍树，裁成木板，再制作成木船。大家因为忙碌，忘记了什么是快乐，也忘记了什么是不快乐。到了试航日子，苏格拉底与年轻人一起登船。太阳暖暖照着，大家光着脚丫去甲板上又唱又跳。苏格拉底问："你们快乐吗？"年轻人异口同声回答："快乐。"苏格拉底说："这就对了。你们为了一个目标，努力做事，忘记忧愁。事情办成了，也帮助了别人。快乐就是这样。"

宋代苏轼，既是一位文学家，也是一位政坛风云人物。他有经世之才，勤政爱民，却多次受贬，命运坎坷。面对种种不幸，他始终对生活充满信心，始终保持心纯如水的豁达，积极追求人生理想。他被贬杭州，在杭州西湖修筑"苏堤"；被贬海南岛（时称琼州），在海南岛办了不少济世扶贫的好事。与此同时，他发挥其文学天赋，作诗填词写散文，在文学、书法、绘画等领域都颇有建树，令世人永远铭记。

这个世界，有许多美好的东西，也有太多的不幸与无奈。我们要保持超然的心态，不以物喜，不以己悲，坦荡面对，做好自己。那么，我们的生活，就将多一些阳光，多一些快乐，少一些暗淡，少一些烦恼。

或曰：子非鱼，安知鱼之乐？鱼非子，安知子之乐？子为子，鱼为鱼，各有其乐也。

放下，让快乐长留心间

故九万里，则风斯在下矣。

——《庄子》

庄子说，大鹏之所以能够高飞，是因为它有放得下的豪气。只有对原来的放弃，才能成就高于风的境界。一个人在自己的天空起舞，需要放下不必要的负担，自由自在，找到真正的快乐。

在生活中，人们一直追求完美，但完美不可得，得到的只是完整，包括美、不美以及有缺陷的完整。人们追求完美的愿望并没有错，只是需要明白这样一点，不管你愿不愿意，这个世界永远有这样那样的不完美。在荷兰首都阿姆斯特丹，有一座建于十五世纪的古老教堂。在教堂的残墙，刻着这样一行字："事情是这样，就别无他样。"

人生有追求，也有选择。追求得到的时候，选择实现的时候，人们为之感动，开怀大笑。当追求的没有得到，当选择的没有实现，那就要选择放下。放得下是一种智慧。汉代大文学家司马相如在《上书谏猎》中说："明者远见于未萌，智者避危于无形。"

于天地之间，人是有福的。每一个人，感受大地之温柔，领略自然之恩泽。人们不排斥名利，不拒绝成功，但也要学会承载幸与不幸的折磨与痛苦，学会最简单的感动与快乐。春夏秋冬，阴晴圆缺，斗转星移，自然界的规律于人类同样适用。

古语有云："宠辱不惊，看庭前花开花落；去留无意，望天上云卷云舒。"凡事看得开，想得远，放得下，快乐就长留心间。

如何当个大丈夫

富贵不能淫，贫贱不能移，

威武不能屈，此之谓大丈夫。

——《孟子·滕文公下》

何谓大丈夫？孟子说，不因金钱地位而糜乱，不因家境贫寒而失节，不因武力威胁而屈服。孟子所言，要当个大丈夫，须有高尚情操，须有民族气节。

中华浩浩历史，从来就不乏大丈夫者。明末黄道周，当过大学士、尚书，又是大学者、大书法家。他为国为民，一生直谏数十次，多次被贬；忠仁报国，奋起募兵抗清，最后英勇就义。更为难能可贵的是，不论身居何职，地位如何显赫，他都秉持不张扬、不糜乱，当好儿子、好丈夫、好父亲。黄道周达则兼济天下，穷则教书育人，堪称"一代完人"。

唐朝宰相魏征说："仁义之道，守而不失。俭约朴素，终始弗渝。"如此，方为大丈夫矣。历史上，伯夷、叔齐不食周粟，守节饿死；晋陶渊明身居县令，却"不为五斗米折腰"，寻隐桃花源中。"采菊东篱下，悠然见南山。"一派田园生活，过得如此从容；现代大作家、大教授朱自清，虽穷困潦倒，食不果腹，却坚持不领美国救济粮。

威武不屈，铮铮铁骨。多少民族英雄，其"地维赖以立，天柱赖以尊"，至今令人仰视，为之传颂。翻开中华英雄史，比比皆是。西汉苏武牧羊，其旄不倒，其节不灭。南宋岳飞，怒发冲冠，高呼"还我河山"。文天祥的诗，"人生自古谁无死，留取丹心照汗青"，流传千古。当代中国，多少仁人志士，为国敢捐躯，为民敢赴难，以其浩然正气，唱响中华之歌。

天地之间，堂堂七尺男儿，如何当个大丈夫？其一有志，有报国之志。"苟利国家生死以，岂因祸福避趋之？"如有机缘，当个英勇战士；如无机缘，当个守法公民，当个好人，为社会做些有益的事。其二有节，有做人气节。不论求官求财，皆取之有道。在其位，谋其政。对上不谄，对下不媚。其三有德，有做人之德，有做事之德，有容人之德，有成人之美之德。一句话，事国以忠，事事以责，事友以诚，老老实实做事，堂堂正正做人。

凡事贵在专心

不专心致志，则不得也。

——《孟子·告子上》

孟子曾说过一则寓言，是关于下棋的故事。弈秋，是全国最善于下棋的人。弈秋教两个人下棋，一个人专心听讲，另一个人虽然在听，但却想有天鹅将要飞来，欲用弓箭去射天鹅。这样，他虽然与那个专心的人一起学棋，棋艺却不如那个人学得好。是他的聪明才智不如那个人吗？当然不是。这则寓言告诉人们，凡事贵在专心。

孟子说："不专心致志，则不得也。"荀子在《劝学》中告诫人们，倘不精诚专心，就不能取得大的成就。伟大的科学家牛顿，潜心研究多年，终于发现万有引力定律。有人问牛顿，你是如何发现的？牛顿答："由于我整天在想这个问题。"

晋代书法家王羲之，书法艺术炉火纯青，臻之高峰。有人说他的字"飘若浮云，矫若游龙"。任何成就都不是凭空而来，也并非一蹴而就，而是经过专心且刻苦努力。王羲之七岁起就开始练字，连走路吃饭都在用心琢磨，几到入迷。他自总结，"立志专精"，是他的成功之道。

凡读书之人，都熟知"推敲"的典故。唐朝诗人贾岛，写诗极重斟酌锤炼。有一次，他吟得"鸟宿池中树，僧推月下门"诗句。后又觉得用"推"不好，用"敲"更好，于是边骑毛驴边"推敲"。不知不觉间，竟闯入当朝官员韩愈的仪仗队伍。韩愈也是诗人，他问明情况后，建议贾岛还是用"敲"为好。贾岛采纳了韩愈的建议。贾岛的诗与"推敲"典故，成为千年传诵的佳话。平心而论，用"敲"比用"推"，确实好得太多。"敲"，一是门内有人；二是门外有声；三是诗中景象生动得多。

当代大地质家李四光，曾闹过一则笑话。他搞地质力学研究，极为专心致志。有一天，他很晚才回家。在门口，见到一位小女孩，他问："你是谁家小姑娘啊？这么晚了还不回家，你妈妈不着急吗？"小女孩喊了一声爸爸，他才回过神来，认得是自己的女儿，赫然笑了。

凡事贵在专心。专心且于致志，则学有所成，事也能做好。专心，就是集中精神，集中力量。朱熹在《训学斋规》中谈论读书方法时说，"心不在此，则眼不看仔细，心眼既不专一，却只浪漫诵读，决不能记，记不能久也"。反之，专心，集中注意力思考，集中精气神研究，则有助于求得问题解决，促进事情成功。一个人，如果有志向，有目标，就应当专心致志，虽百折而不挠，奋勇向前，直取成功。古今中外，凡有成就之人，概莫如此。

以礼修身　以礼待人

> 人无礼则不生，
>
> 事无礼则不成，
>
> 国家无礼则不宁。
>
> ——《荀子·修身》

　　中华民族为"礼仪之邦"。荀子说："人无礼则不生，事无礼则不成，国家无礼则不宁。"孔子说："克己复礼为仁。"孔子又说："不学礼，无以立。"在古代先贤看来，"礼"对于国家，对于社会，对于每一个人，该有何等重要。

　　何谓"礼"？广义的礼，大致包括制度、规范和风俗等；狭义的礼，指礼仪、礼节和礼貌。一个国家，要有健全制度；一个社会，要有行为规范；一个民族，要有良好风俗；一个人，要有礼节，讲礼貌。可见，"礼"无处不在。"礼"，是一个国家和民族文明进步的标志。

孔子主张，"君使臣以礼"。以礼示人待人，是政治家的有识之举。《三国演义》记载，刘备"三顾茅庐"，恭请诸葛孔明出山。孔明出山后，刘备又"以师礼待之"。孔明深感其诚，尽心辅佐。刘备因此成就西蜀霸业，成就"三国鼎立"之势。

我国传统道德提倡："父慈子孝，兄爱弟敬，夫和妻柔。"《三字经》说，"融四岁，能让梨"。汉末孔融自幼识礼懂礼，凡事礼让兄弟，广获美誉。互爱互敬，互爱互助，才能创造和谐欢愉的社会环境，才能凝聚同心同德的社会力量。

荀子《劝学篇》说得好："故礼恭，而后可与言道之方；辞顺，而后可与言道之理；色从，而后可与言道之致。"社会要尊师重教，学生要礼敬老师，老师才会耐心讲授知识，才会尽责培养学生。以礼相待，教学相长，也是良好的社会道德。

人类社会需要交往，需要以礼相待。礼貌待人，可以加强团结，增进感情；礼貌待人，可以呼唤共鸣，凝聚力量；礼貌待人，可以春风化雨，共同创建美好明天。

雪中送炭 帮助别人

有力者疾以助人，

有财者勉以分人，

有道者劝以教人。

——《墨子·尚贤》

《宋史·太宗本纪》记载，宋太宗淳化四年，恰四月间，降大雪，天寒地冻。宋太宗身居深宫，却想起有些人可能因此饥寒交迫，于是大发善心，派人给京城一些孤寡老人送去米与木炭，救助他们。这件事轰动京城，一时传为美谈。典故"雪中送炭"由此而来。雪中送炭，就是于冰雪世界给人以火热温暖，以真实帮助。雪中送炭，是一种美好的人性关怀，是一种崇高的道德情操。

唐朝诗人杜甫，于公元759年（唐肃宗乾元二年）抛官去职，携带家眷辗转来到成都。此时，他穷困潦倒，艰难度日。

幸得朋友帮忙，在城西浣花西畔用茅草盖了一间草堂，史称"杜甫草堂"。由于朋友雪中送炭，施以援手，他才绝处逢生，渡过难关。杜甫在草堂写下"安得广厦千万间，大庇天下寒士俱欢颜"的不朽诗句。

明代冯梦龙在《智囊》中记载，浔阳有一富户董尚书，常常慷慨解囊，热情助人，赢得社会赞誉。另一富户董嗣成却吝啬成性，寡情薄义。后来发生民变，董嗣成尽失家产，生活清苦；而董尚书却好人有好报，广得人助，安享晚年。冯梦龙大为感慨，善有善报，恶有恶报，积极行善当有好的结果。

孟子在《孟子·尽心上》中说："墨子兼爱，摩顶放踵利天下，为之。"《朱子语类》卷九十五云："仁之发处自是爱。"仁爱也好，兼爱也好，就是要以仁爱之心爱人、助人、利人、为人，扶危解困，济人之难。金钱有价，真诚无价。

人生在世，有时要锦上添花，有时要雪中送炭。锦上添花，给人以褒扬，给人以勉励，扶上马，送一程，这是对的。孔子曰："君子有成人之美，不成人之恶。"相比之下，雪中送炭，却更为难能可贵。救人于倒悬，解人于危难，善莫大焉，福莫大焉。有一首歌这样唱，"人人只要付出一点爱，社会就会充满温暖"。

常怀善念　善气迎人

善气迎人，亲如兄弟。

——《管子·心术下》

《三字经》开篇就讲，"人之初，性本善"。这里的"善"，指的是善缘、善念、善气。善缘，缘是"求"的意思，也即求善；善念，也即善的想法；善气，也即善的行为。也就是说，人性之本，在于求善、思善、行善。善良，既是中华文化之重要内容，也是当今社会之核心价值。

所谓"善念"，就是"善"的想法，或念头。念头，有是非之分、正邪之分、善恶之分。唯善念为万善之门，有善念者方可走向人生制高点。北宋哲学家程颐说："至大之恶，由于一思之不善。""一念之欲不能制，而祸流于滔天。"可见，善念于人与事之重要。明代杨继盛说："若是好念，便扩大化来，必见其行。"

人要常怀善念，唯善是举。善念来源于"思无邪"的思想自觉。要做到"思无邪"，就必须克服"自私自利"的邪念。《荀子·非相》说："形相虽恶，而心求善，无害为君子也；形相虽善，而心求恶，无害为小人也。"只有"思无邪"，才有善念生；只有善念生，才能德行正。

人要常怀善念，善气迎人。有了善念，还要去实践，去行动。所谓"善气迎人"，就是善待他人，友爱他人。人生活在社会里，要与很多人发生联系，共同劳动、工作与生活。善待他人，才能广结善缘，为自己的事业发展争取更多资源和条件，为自己的快乐生活赢得更好的环境和空间。友爱他人，就是与人互助互敬。你敬人，人恒敬之；你助人，人恒助之。"人非草木，孰能无情？"世间美好的情感，都是人与人之间共同创造的。

东汉时期，著名文学家蔡邕倒履迎客，成为待人处世的千古佳话。《三国演义》记载"曹操跣足迎许攸"的故事。曹操态度谦恭，善气迎人，令许攸为之感动。许攸为曹操献计，乌巢劫粮，打败了袁绍，成就史上"官渡之战"的成功战例。可见，善气迎人，既可彰显美德，也可为事业成功创造条件。

常怀善念，善气迎人，人们便如拂春风，如沐春雨。当代社会，要使事业成功，要使生活快乐，"智商"与"情商"同样重要。智商为资，情商为本。而情商，就是常怀善念，善气迎人。

万事之成在于敬业

敬业者，专心致志，

以事其业也。

——朱熹

　　敬业，乐业，创业，是人生价值之所在，欢乐之所在，幸福之所在。

　　事业要成功，敬业是前提。一个人，只有敬重自己的事业，才能热情工作，忘我工作，尽心尽责地工作，才能获得成功。荀子说："万事之成也，必在敬之；其败也，必在慢之。"

　　敬业需要守职。韩非子说，凡忠臣者，要各守其职，做事不超越自己的职权。今天，我们所说的敬业守职，就是忠于职守，全心全意做好自己所从事的工作。忠于职守，体现一个人的道德境界。英国作家约翰生说，"职业能彩饰一个人的品性"。

　　敬业需要乐业。乐业，就是喜欢自己的职业，喜欢自己的工作。有一句名言，世上只有卑鄙的人，没有卑鄙的事业。只有充满爱心，以爱的阳光照耀事业，才能开出绚丽的花朵。"三百六十行，行行出状元。"不平凡的岗位，可以干出不平凡的业绩。平凡的岗位，也可以施展个人才智，焕发人性光芒。

敬业需要专心致志。朱熹说："敬业者，专心致志，以事其业也。"专心致志，就是专心、诚心、细心。专心，专一、专注，全心全意，心无旁骛；诚心，诚心诚意，实实在在；细心，就是认真细致、一丝不苟。明代学者胡居仁认为："心粗最害事。心粗者，敬未至也。"一个人，要做到敬业尽职，就不能见异思迁，"这山望着那山高"；就不能虚与委蛇，敷衍了事；就不能粗心大意，问题迭出。专心、诚心、细心，是敬业之要，也是成就事业之关键。

敬业乐业，是职业道德的根本要求。梁启超先生写过《敬业》《乐业》专记，被视为职业道德之规范。社会底里的每一个人，必须全心全意对待社会、服务社会，社会才会为你提供丰厚的回报，为你架设幸福的彩桥。

人生要勇往直前

不计旁人是非，

不计自己得失，

勇往直前。

——《朱子全书·周子书》

义无反顾，勇往直前，既是古代先贤的人生启示，也是中华民族的优秀品德。人生在世，人人都有目标，都有为之努力的方向。要实现人生目标、赢得事业成功，就必须坚定不移朝前走，风吹浪打不回头。朱熹说："不计旁人是非，不计自己得失，勇往直前。"

中华民族的历史，就是一部奋斗史。在这当中，涌现了许许多多仁人志士。他们或为国为民，或为崇高信仰，百折不挠，勇往直前。有两则故事，令人印象深刻。一则是"玄奘西游"。玄奘（俗称唐僧），年少出家，发奋学习佛法，颇有成就。二十多岁时，他立下宏愿，决定赴印度学习并取经。西去印度，千难万险，艰困重重。他一心为弘扬佛法，拯救民生，义无反顾。历四年，经西域十六国，终于到达印度。而后，学成归来，译佛经数十部，千逾卷，成一代佛教大师。《西游记》以神话形式，写下这千古不朽的玄奘西天取经故事。另一则是"鉴真东渡"。事隔百年，同样在唐朝，鉴真和尚不惧狂风巨浪，东渡日本传授中国佛学与艺术，进行中日文化交流。鉴真和尚历时十二年，经六次渡海方始成功。其中险恶艰巨，可想而知。玄奘与鉴真，其勇往直前的英雄气概，为后人所敬仰。

要勇往直前，就要"不计旁人是非"。人生只要抱定信仰，认准目标，就坚定不渝地去奋斗、去努力。这里的"不计旁人是非"，有两层意思：一是目标要专一，精神要专注，不为他人是非所累所绊；二是心中有太阳，始终充满自信。不问他人褒扬，也不畏他人讥讽。"流言止于智者"，无私曲，求公正，当无畏。

要勇往直前，就要"不计自己得失"。一切皆有可能，凡事都有成功的机会，也有失败的遭遇。成功与失败，得与失，从来都是辩证的。成功中有"得"与"失"，失败中也有"得"与"失"。凡事只要用心，只要用力，只要勇往直前，得也好，失也罢，都应思之悠然，处之泰然。

人生，就是一次生命的感受，一次生命的焕发，一次生命的再造。只有勇往直前，才能将生命发挥到极致，才能创造生命最大的价值。

第五辑　艺术人生

关于诗与诗人

愿君多采撷，

此物最相思。

——王维《相思》

闲来无事，读读古诗。有几首诗，读之饶有趣味。且写出来，与诸君共赏。

一

诗以言志。有忧国忧民的，悲愤、深沉；有抒发抱负的，激越、豪放；有人生感怀的，有的苍凉，有的淡泊怡然。

唐朝王昌龄于《出塞》写道："秦时明月汉时关，万里长征人未还。但使龙城飞将在，不教胡马度阴山。"这首诗，主题鲜明，爱国情怀极是强烈。南宋文天祥勇赴国难，率军抗敌，在面对元兵劝降之际，写下《过零丁洋》一诗。"人生自古谁无死，留取丹心照汗青。"这一千古名句，表达了诗人舍生取义，铮铮铁骨。杜甫一生颠沛流离，忧国忧民，有"草堂诗人"之称。《春望》一诗，令人不忍卒读。"国破山河在，城春草木深。感时花溅泪，恨别鸟惊心。烽火连三月，家书抵万金，白头搔更短，浑欲不胜簪。"其沉重、愤激，跃然纸上。

东汉曹操，其历史功过且不与评论。他写的诗，充满英雄主义精神。他于五十三岁时仍作《龟虽寿》。"老骥伏枥，志在千里。烈士暮年，壮心不已。"唐朝李白，志向高远，抱负宏大，但一生郁郁不得志报国难酬。一首《行路难》，写尽人生沧桑多艰，也写出诗人对理想的勇敢追求。"乘风破浪会有时，直挂云帆济沧海。"

东晋陶渊明，有官不做，不为五斗米折腰。他隐居桃源，怡然自乐于田园式生活。在《归园田居》里，他为我们描述这样的农家气象："开荒南野际，抱拙归园田。""方宅十馀亩，草屋八九间。""榆柳荫后檐，桃李罗堂前。"与邻居会面，"相见无杂言，但道桑麻长"。与朋友饮酒，"此中有真意，欲辨已忘言"。读陶令诗，我记得最深的是"采菊东篱下，悠然见南山"。陶令以出世之心境过人世之生活，着实令人羡慕。相比之下，唐朝陈子昂的心境与陶令则大是不同。他流传的诗不多，但《登幽州台歌》却传唱千古。"念天地之悠悠，独怆然而涕下。"其眼界广阔，语境苍凉，令人同唱共鸣，扼腕长叹。

二

诗以言情。言情之诗，大都写诗人情思，其间乡情忧忧，友情悠悠，爱情幽幽。

　　唐朝李白，流落外乡，作《静夜思》。诗中，写尽游子思乡的凄清之苦。"床前明月光，疑是地上霜。举头望明月，低头思故乡。"诗人夜半醒来，只见月光如霜，遥望故乡，岂不泪下？另一位唐朝诗人李频，久居岭南，也备尝思乡之苦。但他不写思乡，却写游子回家。《渡汉江》一诗写道："岭外音书绝，经冬复立春。近乡情更怯，不敢问来人。"一个"怯"字，情思摇动于心灵深处，写得极为真切。

　　王昌龄送辛渐去洛阳，于江苏镇江芙蓉楼送别，以诗赠之："寒雨连江夜入吴，平明送客楚山孤。洛阳亲友如相问，一片冰心在玉壶。"全诗，送别不做儿女之态，写得境界开阔，品相高洁。王维送别友人，作《渭城曲》。"渭城朝雨浥轻尘，客舍青青柳色新。劝君更尽一杯酒，西出阳关无故人。"王维的诗，如同一幅画，与朋友依依相送，至为感人。读此诗如沐春风，如饮清泉，后来人将诗谱之以曲，谓《阳关三叠》，广为传唱。

　　古诗之中，描述爱情的相当之多，写得极为委婉，至今读来依然令人感动。写情诗，唐朝李商隐算是大师。李商隐《无题》一诗，表达了对爱情的热烈追求和忠贞不渝。"春蚕到死丝方尽，蜡炬成灰泪始干。"在《夜雨寄北》里，李商隐写道："君问归期未有期，巴山夜雨涨秋池。何当共剪西窗烛，却话巴山夜雨时。"诗人思念妻子，情难自已，这首诗写得缠绵悱恻，令人联想回味。王维写《相思》："红豆生南国，春来发几枝。愿君多采撷，此物最相思。"诗人借物喻情，写出一位姑娘对情人的相思之意，真挚，自然。

三

诗以言趣。有很多古诗极具生活化，写得意境清新，趣味横生。有些诗读来，如同亲历亲为。

东晋陶令写农家农居，"狗吠深巷中，鸡鸣桑树颠"。宋朝张舜民写《村居》，"夕阳牛背无人卧，带得寒鸦两两归"。宋朝苏轼写《春江晓景》，"竹外桃花三两枝，春江水暖鸭先知"。唐朝王维写《山居秋暝》，"竹喧归浣女，莲动下渔舟"。唐朝温庭筠写旅途小景，"鸡声茅店月，人迹板桥霜"。宋朝杨万里写生活小事，"日长睡起无情思，闲看儿童捉柳花"。"戏掬清泉洒蕉叶，儿童误认雨声来"。

古诗之中，最有妙趣的当算情诗、闺房之诗。李白写少年之恋，"郎骑竹马来，绕床弄青梅"。朱庆馀写新婚之趣，"妆罢低声问夫婿，画眉深浅入时无"。金昌绪写少妇春思，"啼时惊妾梦，不得到辽西"。王维写闺妇秋思，"银筝夜久殷勤弄，心怯空房不忍归"。古时闺妇思念丈夫，久而不归，便由爱生怨。王昌龄写《闺怨》，"忽见陌头杨柳色，悔教夫婿觅封侯"。李益写《江南曲》，"嫁得瞿塘贾，朝朝误妾期。早知潮有信，嫁与弄潮儿"。爱人失信，多次错过月下之约。早知如此，倒不如嫁与弄潮男儿。可见，这位商妇怨恨到了极点。所以怨之深，因为情之切。我们读懂商妇之愤怨，深为其真情所感动。

四

读诗真好。诗以言志，诗以言情，诗以言趣。读言志诗，令人几多豪迈，回肠荡气；读言情诗，令人为情感伤，为情痴迷；读言趣诗，在赏析中谐趣，在谐趣中品味。不过，读诗品诗，最能打动心灵的全在于诗中"真"味。唯真，真志，真情，真趣，才能堪称人世间之美好。

　　读诗真好。唯"真"唯好。

关于作家

铁肩担道义，

妙手著文章。

——李大钊

新年将近，适逢漳州市作家协会将要换届。我在文联工作，职责所在，总是要到会祝贺的。我又是省作协会员，会龄已有二十余年，文友们也希望我能到会交流。于是，关于作家，关于作家与创作，便令我联想了许多。

一

孩提时候，我就有一个作家梦。萌生这样的梦，缘于两件原本极为普通的事。

读小学四年级时，有一次到隔壁堂叔家，见他正在看书，看得津津有味。书有些旧，似是有了年份，也似是经多人传阅。我向堂叔借过来看。书中的字认得不全，仅能读个大概。记得较深的：李玉和，一盏红灯，一个磨刀师傅，一个姓王的叛徒。过些时日，京剧《红灯记》搬上银幕，轰轰烈烈巡演全国。那时，我才知道那本书被改编成样板戏，也感觉到书的神奇和力量。

读小学五年级时，语文老师布置写一篇作文，题目是"我的家史"。在那个年代，经常忆苦思甜。我的父亲三岁丧父，五岁亲娘为谋生计远渡南洋，十三岁时相依为命的奶奶又撒手离世。从此，父亲孤苦伶仃随他的堂叔艰困度日。新中国成立后，父亲成了村干部。每次谈及家史，父亲总是悲从中来泣不成声。偶有半夜梦醒，总是泪湿枕头。我将"我的家史"写成长诗，作为作业上交。语文老师大为感动，将我的长诗当成范文在班上多次讲读。一件小事，让我明白一个道理，将内心深处最为真切的东西写出来，既能感动自己，又能感动别人，实在是很好的事。

二

有了作家梦，我迷上文学，也迷上读书。读书的爱好，如影随形伴我至今，成为终生乐事。

小学时，我所生活的农村文化极度贫乏，读课外书极为困难。到县城读高中，我便请求到校图书馆当业余管理员，图借书方便，读书方便。有很多书，当年遭遇圈禁，不能公开阅读。记得四大古典名著，还有苏联一些小说，都是偷偷借阅的。有一次，有人借给杨沫的《青春之歌》，我躲在被窝连看三遍。又有一次，有人借给手抄本《第二次握手》，我激动得好几天睡不着觉。每当想起这些，心里便泛起些许暖意。

大学时，我们国家发生了重大变化。改革、开放、文化、科技等，都成为热词。大学生活虽然短暂，却是我读书最多的时光。课内的课外的，古代的现代的，不厌其多，不厌其杂。屈原的《离骚》、诸葛亮的《出师表》、李白的《将进酒》、杜甫的《三吏》、苏轼的《明月几时有》、辛弃疾的《水龙吟》、关汉卿的《窦娥冤》、曹雪芹的《红楼梦》、巴金的《家》，等等。读书，让我深切感受中华文化博大精深，也为先人们的社会责任和道德力量所折服。

三

作家之所以成为作家，并非易事。作品的创作与诞生，浸透着作家的心血与汗水，也展现了作家的人生体验、心灵反省以及驾驭文字的智慧。

文学创作作为一种创造性的精神活动，具有鲜明的主体性。整个创作过程就是"人的本质力量"的外化过程，就是作家"自我实现"的蜕变过程。丰富的人生经验和艺术经验，是文学创作的坚实基础。

人生经验包括两个方面，直接的和间接的。直接的人生经验，源于人的生活经历和思想积淀。间接的人生经验，则源于书本阅读和社会观察。杜甫写的《三吏》《三别》，就是他一生颠沛流离生活的写照。曹雪芹写的《红楼梦》，书中很多情景都是他少年时代钟鸣鼎食家族生活的呈现。茅盾写《子夜》，写的就是20世纪30年代他的个人体味和社会观察。姚雪垠写《李自成》前，曾多次阅读明史资料以及相关明代小说。姚雪垠戏称"喂料"。

有了人生经验，还应该有艺术经验。艺术经验就是对人生经验的再认识、再整理、再创造。屈原写《天问》《九歌》《九章》，既有人生经验，又有驰骋想象和精巧构思。郭沫若写话剧《屈原》，既呈现山城风雨雾嶂，又表现超凡的艺术想象力。人生经验和艺术经验，是作家极为宝贵的创作财富。

作家在创作中，其心灵反省尤为重要。这种心灵反省，就是对自身人生经验和艺术经验的再次消化、认识和把握，是一种审美体验逐步深入的过程，也是一种心灵内化渐次升华的过程。创作一部好的作品，不能以惯性思维去感受生活，也不能以现成形式去表现生活，而是一种永不停顿的冲刺、一种永不休止的超越。从某种意义上讲，好的作品，源于生活又高于生活。

对文字的高超驾驭，是作家痴心追求的目标。唐朝诗人贾岛，人称苦吟诗人。他写的"鸟宿池中树，僧敲月下门"，成为千古名句。其中的"推"与"敲"，折腾诗人反复斟酌。后来骑驴撞到另一位诗人韩愈，讨论再三才做最后确定。宋朝诗人王安石写的"春风又绿江南岸"，这个"绿"字，经历到、吹、过、绿等多次修改。汉字常用字仅三千字，多的也仅五千余字。作家在创作中，须用心挑选，使之成为其列矩布阵、进退自如的兵。

四

我喜欢读书，也喜欢写作。二十年前就成为福建省作协会员、中国散文学会会员，也出版过两本散文集。1998 年 1 月至 1999 年 2 月，曾经作为厦门日报文艺副刊"海燕·品味人生"专栏作者，每周刊发一篇散文。历二十年，发表过不少散文、诗歌、理论文章等。一路走过，细细盘点，至今却仍没有一篇作品能让人想起提及，实在引以为憾。

　　我经常想，我是一名作家吗？想是，但未能是，作家之梦远未实现。严格地说，我只能算是一名痴迷于文学的人，一名走在路上的写作者。我将努力。

关于书法

人正则书正。

——项穆《书法雅言》

书法艺术源远流长，传统丰厚。关于书法，关于书法的故事，我早就想写篇文章记述一二。近期，漳州市书法家协会将要换届，再次勾起我提笔的冲动。于是，谨以此文就教于书法界朋友们。

一

我的老家，是一个半农半渔的村庄。每逢喜庆之日，或是年关将至，村里人家总要贴上红联。那些会写毛笔字会写红联的人，极受尊重。在村里人看来，他们有文化，有本事。我的父亲识字不多，对他们充满敬慕。在我六岁时，父亲就要我做一件事，练写毛笔字，长大了写红联。

对一位尚未上学的孩童，练写毛笔字，真有点天方夜谭。记得父亲拿来一块刚从窑里烧出的红砖，又用瓷碗盛水，叫我用毛笔蘸水，在红砖上练字。父亲说，现在虽不会写，但多比画比画，慢慢就会了。父亲出身贫苦，文化程度仅是初小一年。从这件事看出父亲的文化饥渴，也看出父亲望子成龙的迫切心情。

自此，我便日复一日，对着红砖练写了三年。读小学三年级时，父亲常常找来旧报纸，让我用毛笔字抄写课本。父亲是村干部，经常到公家单位办事。每到一处，求人将旧报纸送他，偶也拿些自产地瓜交换。当时，旧报纸属稀有物品，何等珍贵。父亲告诉我，读书写字，是天底下第一大事，吃多少苦都值得。

读小学五年级时，我能写红联了。不光为自家写，也为邻居写。写的最多的是，"春风杨柳万千条，六亿神州尽舜尧""军民团结如一人，试看天下谁能敌"，等等。村里人总是说："明盛（我的父亲）家那个老二不得了，小小年纪就会写红联。"语气满是尊敬。每当此时，父亲微微点头，脸上洋溢笑意。

二

大约 1975 年，我到县城一中读高中。由于作文写得好，毛笔字又有多年练功，我便成了年段版报一手，在学校也小有名气。当时处于特殊时期，编写版报风气极盛。学校甚是大方，一摞一摞白纸由着我们练、由着我们写。

有一次，学校要我组织些人，为一部轰动全国的影片写影评，并编成版报，到县城汽车站前一中报栏张贴。我的影评名列榜首，全版的字也由我抄写。汽车站处于县城中心，人来人往，看版报的人多。据说，影评和毛笔字都颇获好评。校方很是高兴，校革委会张主任在全校大会特地表扬了我。父亲到县城开会听说此事，兴奋不已，一来多年心血没有白费，二来为他长脸。父亲逢人就说，教育孩子，一要逼，二要压，三要肯下本钱。

练字多年，自以为小有长进，但从未临摹正帖，毕竟有些心虚。于是，我便到新华书店买了两本字帖，记得有柳公权的，有上海周惠珺的。照着字帖临了两年。后来上了大学，练字被搁了下来。再后来走上工作岗位，练字就成了历史。练字十年有余，而后又搁置近四十年，以致至今未出成果，实在引为终生憾事。

三

何谓书法？书就是书写，用毛笔书写汉字；法就是法度，就是章法，书写之中流气韵，表节奏，显格局，体现艺术之美。

鲁迅先生说，汉字有"三美"：意美、音美、形美。书写汉字的书法艺术，正是依托汉字之美，承载中华文化之美。欧阳中石先生曾有"文心书面"之说，所谓"文心"就是中华文化，就是书法的内在本质。书法，作为中国优秀传统文化之一，传承数千年，生生不息。究其原因，皆在于书法不论表里内里，都深植中华文化之根，再现中华文化之魂。

刘奇葆先生说过，弘扬发展书法艺术，书法家要做到"四有"：其一，书中有"文"，要传承中华文化根脉，弘扬独特艺术价值；其二，书中有"道"，要遵循艺术规律，彰显时代精神气象；其三，书中有"人"，要深入生活扎根人民，焕发艺术生命力；其四，书中有"德"，要追求艺文兼备，创造德艺双馨的艺术人生。

四

当好书法家，并不容易。凡真正热爱书法艺术者，绝不漂浮，绝不鼓噪，绝不轻言自己就是这个家那个师。通观古今，书法家自有书法家的风范与形象。

古人云，字如其人，书法与人的境界紧密相连。汉朝杨雄说，书，心画也。柳公权说："心正则笔正。"明朝项穆在《书法雅言》中说："人正则书正，书法目的就是正人心。……心虽无形，有道德主宰，所以写字必先养气以充志，静心养气以蓄道德。"可见，作为书法家，首要之道是重品行修养，守道德底线，树君子之风，养浩然正气。唯有如此，才能实现人生境界与艺术境界的共同提升。

古代书法艺术审美与品评，十分重视书法家的"品格"。苏东坡说："古代论书者，兼论其平生，苟非其人，虽工不贵也。"在黄庭坚书论思想中，常用"俗人"与"不俗之人"来评判人品高下。郝经评苏东坡的书法："苏东坡以雄文大笔，极古今之变，以楷用隶，于是书法备及无余蕴矣。盖皆以人品为本，其书法即其心法也。"

清朝书法家刘熙载在《艺概》一书说："书者，如也，如其学，如其才，如其志，总之曰如其人也。"弘一法师认为，一幅字，格局（章法）得五十分，字本身得三十五分，印章得十分，墨色得五分。书以人重，境界为先，谓为书之标准。

五

书家黄君，与我同在文联工作。他对书法痴迷至深，素有情怀。黄君以"群鸿戏海、云鹤游天"为旨归，以"尽精微、致广大"为追求，书写淡定，气象温雅，境界宏达，颇受漳州书家尊重，在闽省也广有墨缘。

如何写好字？我曾请教书家李君。李君说，一幅好字，除了个人修为之外，在创作时尚需具备多种要素，如纸、笔、墨等。比如用"墨"，须"活墨"。古人磨墨，"墨"在流动，自有生气。现今多用"墨汁"，已凝滞有时，写字前则要"醒墨"，"墨"方有生机。书写起来，字里行间才有生动气象。李君的话，我深以为然。

书法真是奇妙。在书家笔下，任何汉字，都可化作灵动跳跃的音符。书家创作的过程，就是其情感率意绽放的美丽季节。唯其真，唯其诚，唯其格物致知境界高洁，方能结出饱满之果，既滋养自身，又润及他人。

书法，素尺犹如天地，方寸犹如乾坤。书家下笔，心中默念的首先当是艺术，而非其他。待到山花浪漫，星河璀璨，方去思考精神与物质的相互转化，方去思考艺术价值和社会利益的相互融合。否则，便令艺术蒙尘，书家失色。

书以人重。诚如是，则书家幸甚，艺术幸甚，社会幸甚。愿以此与书家朋友共勉。

关于美术

没有伟大的品格，

就没有伟大的人，

甚至也没有伟大的艺术家。

——（法）罗曼·罗兰

美术，指的是静态造型艺术，包括绘画、雕塑、工艺美术等。绘画仅是其中一大内容。去年漳州市美术家协会换届后，我曾经参加协会主席团第一次会议。我对到会的艺术家们说，美术，可做两解，一解为美好的艺术，美即美好，术即艺术；一解为精美的技巧，美即精美，术有专攻，也即技巧技能。不管解释是否准确，起码表达了一种认识、一种期望。

我这里主要谈谈美术之绘画艺术。

一

少年时期，在东山老家，我就接触了绘画艺术。那时对绘画的了解，却是极为简单。我喜欢看连环画，也即小人书。那个年代的农村，文化与物质一样，真是相当贫瘠，想要找本连环画看，并不容易。一本，又一本，变着法子找，找到了欢欢喜喜，如捡了金元宝。记得有刘胡兰的，有小雨来的，有鸡毛信的，偶也淘到《水浒》《三国演义》《西游记》的，唯独看不到《红楼梦》。当时并不知道它们统称中国四大名著。后来到漳州读大专，学校北侧一条小巷有连环画出租店，我如同寻到宝藏，于傍晚时分常常光顾小店，租看几本，大呼过瘾，觉得生活充实了许多。

20 世纪 60 年代末的农村，大都有宣传栏，经常有人在宣传栏绘画。有一幅宣传画至今记忆尤深，画中站着三个正义凛然的工农兵，以鄙视表情指着一个跪在地上的鹰钩鼻子外国人。解放军钢枪所指之处，写了一行字："苏修臭，要打倒。"画中人物栩栩如生，觉得绘画之人挺有本事。心想，我要是能画画，该有多好。我读书生涯有十多年，从没上过一堂美术课，至今想起不仅遗憾而且心痛。

二

绘画艺术是美的艺术，包括技巧、内容以及技巧与内容完美结合后所引起的观感效应。一幅好的画作，应当具有纯熟的绘画技巧、丰富的绘画内容、作品所寓含的意境与韵味。

纯熟的绘画技巧，源自艰苦磨炼，一分耕耘一分收获。有位画家对我说，要掌握绘画技巧，首先要观察形体，理解形体，并能准确地将它描绘下来；其次要洞察形态，创造形态，使"体"与"态"能够精准结合生动再现；最后是着色，色彩是绘画的重要因素，是绘画者传递情感的手段。正确地观察色彩，熟练地调配色彩，才能艺术地表现色彩。

丰富的绘画内容，则在于绘画者深刻的观察力，以及对事物的感知与悟性。不论是画人画物画山水，不论是整体、剪影，或某一局部，都需要体味入微，并且精到表现。好的作品，要让人一经看到，就有了"这就是了"的感觉。

至于意境和韵味，那是绘画者更高一层的艺术创造。作为绘画者，其根本责任在于，你应在你的作品中注入独立的而且是创新的意识和情感，令作品升华。也就是说，要让人看到画物之外的东西，令人感动，引人遐想。绘画与书法，大体是相通的，书法注重章法与格局，绘画注重意境与韵味。绘画者的艺术水准如何，在此得到最恰切的体现。

三

当今社会，绘画者多，真正成为画家的却是相当之少。有纯熟技巧的只能称为画匠，能够表现内容的只能称为画师，有境界有韵味者则屈指可数。这并非要平抑美术界的热情，而是盘旋于当代艺术的浮躁与投机，让很多人难以安静，以致迷失了艺术的本性。

艺术有商品价值的一面，但毕竟不是商品。作为艺术，其根在文化，其源也在文化。我多次与一些美术家们聊天，劝他们多多学习唐诗宋词。我甚至还会提些唐诗宋词名句，请他们绘画，看看能否鼓捣出诗中的境界与词中的韵味来。中华优秀传统文化，有很多美好的东西。绘画者有意趣、有情感、有力量，才能涌动精神潜流，焕发感性生命，创作出好的作品来。

美术之美，是绘画艺术的最高标准，也是唯一标准。美是生命之光，美是精神力量。美不仅是一种轻松、逸然、欣喜，更是一种感动、思考、呼唤。发现美，表现美，创造美，让我们生活在美的世界里。

关于石头

爱此一拳石，

玲珑出自然。

——曹雪芹《题自画石》

想写一篇关于石头的文章，已经有许多年了。一直未能动笔，缘在对石头了解不多、不深，恐难写好。近逢漳州市石文化协会换届，与石友们碰面交流，又勾起了内心有关石头的情愫，终下决心，提笔记述一二。

一

家在闽南农村，村后山麓几是石头，面前大海也礁石嶙峋。穿梭村中小巷，睁眼之处也是石头，或盖房子，或垒猪舍。自小时候，以为石头是最普通不过的物件。

20世纪90年代初，到东山旅游开发区工作，辖风动石景区。自此，常常在风动石前驻足伫立，对这天下第一奇石的前世今生有了些许了解。关于东山风动石，有许多引人入胜的故事，有些是科学的阐释，有些则是神话的演绎。不管怎么说，我对石头开始有了新的认识，石头并不普通。

调到漳州市区，与几位石友认识，到了他们的奇石展馆，渐渐发现石头世界气象万千。石头亦形亦神，或顽或珍，有百般风情，千种奥妙。自此，我对石头有了全新的印象。石头乃大俗大雅之物，于人类有诸多益处，不可或缺。

二

对于石头，字典是这样解释的：石头，由矿物质集结而成，是构成地壳的坚硬物质。这样的解释，说明了三层意思：其一，石头为矿物质，来源于大自然；其二，石头气质坚硬、坚定、坚强；其三，石头是构成地壳最基础的物质，大自然赖以生存，人类也赖以生存。

对于石头，字典还另有一种解释：石头，古代做容量单位，一石为十斗；石头，古代又做计量单位，一石为一百二十斤。这样的解释，说明了三层意思：其一，石头，是有历史的，自古以来与人类生活息息相关；其二，石头，是有文化的，自古以来就成为人类生活的工具；其三，石头，早已为人类所认识、所应用。

三

中华文化灿烂多彩，石氏家族闪耀其中。有形容气质的，如坚如磐石，石破天惊；有形容作用的，如投石问路，一石二鸟；有形容经验的，如他山之石，可以攻玉；等等。石文化可谓星光璀璨，源远流长。

石是有品性之物。如金石不渝，将石头与金子排列一起，表示坚定不移。如药石之言，既可治身体之病，又可治思想之痼疾。

石是有价值之物。如玉石相揉，石与玉品质相近相同，不分轩轾。如钻石金婚，喻品质贵重，价值至上。

石是有灵性之物。"明月松间照，清泉石上流。"如果不是灵性之物，石怎与明月清泉相依相伴？犹记得某部电视剧中，石头会唱歌，唱出人间真爱之歌、美好之歌。

四

在中国古诗中，石头诗俯拾皆是，读来饶有趣味。

唐朝白居易写《莲石》，其中的"青石一两片，白莲三四枝。寄将东洛去，心与物相随"。青石与白莲，皆是高雅之物，诗人借此表明心迹。

宋朝陆游写《菖蒲》，诗曰："雁山菖蒲昆山石，陈叟持来慰幽寂。寸根蹙密九节瘦，一拳突兀千金直。"昆山之石，论价值，论友谊，皆为千金之重。

唐朝王建，将石头写得栩栩如生，情感深沉。他写《望夫石》，诗曰："望夫处，江悠悠。化为石，不回头。山头日日风复雨，行人归来石应语。"

五

茫茫人海，万千世界。我想，我或是一颗石头，来自自然，总想做些什么，说些什么，再留点什么。

古有"燕石妄珍"之词。我的名字，恰好有个燕字。我会是妄珍的燕石吗？

清朝大作家曹雪芹写的《红楼梦》，就叫《石头记》。他写《石头记》之后，又为自己写了一首诗，叫《题自画石》。诗曰："爱此一拳石，玲珑出自然。溯源应太古，堕世又何年？有志归完璞，无才去补天。不求邀众赏，潇洒做顽仙。"

我是一颗石头吗？或是，应当是，也想是的。其实，当个石头也挺好的。

关于音乐

兴于诗，立于礼，成于乐。

——《论语·泰伯》

关于音乐，接触不多，可谓一无天赋，二无后学。这并不影响我偶尔听听音乐的冲动，以及对音乐影响力的好奇。适逢漳州市音乐家协会将要换届，于是读了一些资料，落笔写了这篇文章。

一

最早接触的音乐是《东方红》乐曲。小时候在农村，物质生活极度贫瘠，文化生活也几是苍白。那个时代，最为发达的当算农村广播，每个村里都有大喇叭，家里也多挂着小喇叭。

清晨，刚刚醒来，便听到小喇叭里播放的《东方红》乐曲。有些时段，小喇叭则播放《东方红》的歌。"东方红，太阳升，中国出了个毛泽东。"曲子记住了，歌也记住了，烙下印象极为深刻。

说起来也真是惭愧，甚至有些可怜。在我十几年的学生生涯中，仅仅上过一堂音乐课，以至时至今日依然记忆犹新。读小学四年级时，记得一个春天的日子，学校突然通知全校师生到小操场集合，要教大家唱歌。当时，有一位会唱歌的老师，教我们唱《学习雷锋好榜样》。全校三百多人，从一年级到五年级，齐齐整整，又高高低低的。大家感到新鲜，也很兴奋，张开嗓子学唱近一小时。事后，听班主任说，是王校长倡议的。校长说，学校没有开设音乐课，就用三月五日这个日子，教教大家唱歌吧，算是纪念雷锋，也算是活跃活跃学校文化。孩提时代，对一些事理解不深，只是感到校长对我们好，是一位可敬的人。多年之后，历经岁月洗磨，有些老师记住了，有些老师淡忘了。对这位王校长，我却一直心存感激。他是唯一让我上过音乐课的人。

大学毕业，到机关工作，常常要参加会议。有一些会议，开始时，大家要起立，高唱国歌；结束后，大家也要起立，齐唱国际歌。大家昂首挺立，唱得心潮澎湃，唱得热血沸腾。唱多了，唱熟了，国歌和国际歌让我们深铭于心。是的，中华民族到了最危险的时候，要前进，冒着敌人的炮火前进；是的，世上没有救世主，要幸福，全靠我们自己。我们每一个人，都应当有信仰，为信仰而奋斗。

二

音乐，是人类共有的精神食粮。音乐中的"五音"，蕴含深厚，景象丰富。古代《晋书·乐志》说："是以闻其宫声，使人温良而宽大；闻其商声，使人方廉而好义；闻其角声，使人倾隐而仁爱；闻其徵声，使人乐养而好使；闻其羽声，使人恭俭而好礼。"

有学者说，"哪里有人类的足迹，哪里就有音乐"。音乐如影随形，与我们融为一体，伴随我们劳动、工作与生活。当我们集中劳动时，我们会发出"嘿唷！嗨唷！"的声音，这就是号子，统一节奏，统一力量；当我们表达爱情时，我们会发出内心的歌唱，呼唤对应，呼唤共鸣。著名提琴协奏曲《梁山伯与祝英台》，以"相爱"内容作为第一乐章，其曲调秀雅，旋律优美，景象明亮；当我们远离亲朋时，为了表达思念，为了期待重逢，寄情于诗，寄情于歌。唐朝李白的诗《赠汪伦》："李白乘舟将欲行，忽闻岸上踏歌声。桃花潭水深千尺，不及汪伦送我情。"我国著名词曲家王立平，通过歌曲《驼铃》，将战友依依惜别之情表达得淋漓尽致，令人无限感慨。

音乐表达感情，展现生活，其形态各异，丰富多彩。不同乐器的音质、音色、音域，不同手法的独奏、合奏、协奏，都能表现不同的社会生活，表现不同的精神风采，表现不同的思想感情。音乐是复杂的、细致的、多样的，音乐超越了地域、超越了民族、超越了国家。世界潮流浩浩荡荡，开放化、一体化、全球化，更是让音乐之花竞相开放，日渐成为人类共同的艺术财富。

三

音乐是一种集声音、时间、情感、表演于一体的艺术。既可自娱，也可娱人。音乐的功能是多样的，音乐的作用是广泛的，音乐的力量是巨大的。人类社会，不论男女老少，不论族群国家，都没有人能够拒绝音乐，离开音乐，将音乐从自身生活中排除出去。

音乐的审美功能，对社会产生深远的影响。高尚音乐的演出和传播，陶冶情操，教化道德，令人身心愉悦。中国现代教育家蔡元培，曾在北大成立"歌谣研究会"，开办《歌谣周刊》，提出美育和乐教的主张。他认为，音乐特有的魔力，可以影响人们的心灵，悦耳而后悦心。潜移默化，使人们达到崇高的思想境界。

音乐不仅反映现实，而且超越现实，催生激情，振奋精神。法国大革命时期，起义者高唱《马赛曲》，向巴士底监狱进军。《国际歌》曾被列宁誉为"全世界无产阶级的歌"，音乐旋律气势磅礴，音乐形象雄伟庄严，鼓舞千百万人为理想英勇奋斗。抗日战争时期，《在太行山上》《大刀进行曲》等，动员抗日力量，壮大抗日声威，鼓舞中国人民抗御外来侵略的必胜信心。《歌唱祖国》《春天的故事》再现我们时代生机勃勃，正在创造崭新的历史篇章。

音乐自娱又娱人。音乐艺术绚丽多彩，既可提供有教养的娱乐、有文化的休息，又给人以积极向上、奋发进取的力量。古代大教育家孔子，提倡"礼乐并举"。他认为，"兴于诗，立于礼，成于乐"。"礼"经过"乐"，才能使人纯良品质，完善人格。音乐教育，"随风潜入夜，润物细无声。"音乐活动，有利于培养共同感情，发挥集体力量。

　　音乐沟通人类情感，促进社会和谐。苏格兰民歌《友谊地久天长》，表达了对朋友、对亲人的思念。这首歌传遍全世界，很多人都耳熟能详，它促进了精神交流，融汇了思想沟通。央视春晚中的保留歌曲《难忘今宵》，再现了万家同庆的快乐情景，唤起了人们对美好生活的憧憬向往。在当代，群众性的合唱团如雨后春笋，群众性的合唱音乐会闪耀舞台。世界著名音乐教育家柯达伊说过，"有什么东西比合唱队更能表现社会的团结呢？"

　　热爱生活，必热爱音乐。我如是说。

关于戏剧

锦瑟无端五十弦，

一弦一柱思华年。

——李商隐《锦瑟》

人生如戏，戏如人生。可见，戏剧对于人生，该是何等重要。我们经常说，在人生舞台上，要演出一出属于自己的戏剧来，不论悲壮，不论平实，只求生命最真切的感受。

一

还是讲讲老家东山。东山与广东潮汕接壤，接触的是潮剧，时兴的也是潮剧。我读小学时，就看过潮剧歌册。如《陈三五娘》《苏六娘》《李三娘》，女性主角的居多。当时不会唱，只是跟着堂叔家的一台留声机哼上几句。这台留声机，是我堂叔到广东潮州时，花高价钱买来的，同时带来十来张唱片，全是潮剧清唱。在那个年代，谁家办喜事，这台留声机都成为主角。于是，也就成了村里的宝贝。

20 世纪 70 年代初，全国都在排练京剧样板戏。村里也组织了文艺宣传队，排些节目，一年演上几场。记得样板戏排得最成功的是《红灯记》。村里人不会唱京剧，只是用不太标准的普通话，按照剧本演出。看完《红灯记》，李奶奶、李玉和、李铁梅祖孙三代，其苦难历史与英雄气概，令我感动了好些日子。

二

到漳州读书，其间在侨乡剧场看过两出戏，让我印象深刻。一出是芗剧《蔡文姬》。那剧情，那表演，那唱腔，都令人为之赞叹。美中不足的是，剧中有个"妈妈"的称呼，不太妥切。汉朝时期，何来"妈妈"？可见编剧当深入研究历史，力求表达准确。另一出是话剧《于无声处》。这出戏，当时相当流行，再现了特殊年代的历史沧桑，也表现了人们对于正义、对于真理的深切呼唤。至今想来，棒喝犹在，惊雷犹在。

20 世纪 90 年代末，我奉调到芗城宣传部门任职。组织了多场文艺演出，也观看了多个剧目表演。通过不断感受与体味，我深切感受到文化的力量，感受到中华优秀传统文化与普通百姓的互动需要。特别是，芗剧、潮剧，作为地方特色戏剧，犹如剧中的花旦与武生，需要妥加保护与鼓励。

三

何为戏剧？戏剧是一种综合性、集体性呈现的舞台表演艺术，老而不衰，生机勃勃。

戏剧源于祭祀，从"娱神"到"娱人"，渐渐完成它从宗教仪式到艺术形式的过渡。有学者归纳了戏剧五要素：剧本、导演、演员、剧场、观众。这五个要素，各司其职，各展其用，构成一部戏剧的整体效果。在这其中，剧本与演员最为重要。好的剧本，它必须展现历史时空或者是生活时空，展现丰富而且生动的人物内容，实现情节与行动的统一。好的演员，则应深切理解剧本，饱含真情实感，表现精湛演技，实现剧本与人物统一。人类悠久的演剧历史，丰富的表演实践，孕育诞生了戏剧智慧，深厚而且灵动。智慧的戏剧，能够"观古今之须臾，抚四海于一瞬"，在短暂的时间中凝练历史，在独立的空间中勾画宇宙。

中华文化浩瀚博大，不同地方产生了不同戏剧，群星闪耀，异彩焕发。京剧《穆桂英挂帅》《定军山》，越剧《天仙配》《白蛇传》，话剧《雷雨》《日出》《茶馆》，等等，都是中国戏剧的杰出代表。20世纪40年代，文化大师郭沫若的话剧《屈原》《棠棣之花》，令重庆山城为之一震，也为中国戏剧创造了辉煌。

关于曲艺

物惟求新，

新者也，天下事物之美称也。

——李渔《闲情偶寄》

　　曲艺是中华民族各种说、拉、弹、唱艺术的统称。曲艺表演最为简便易行，也最接地气，深受普通百姓的欢迎和喜爱。

一

　　曲艺艺术表现手段就是"说"与"唱"。说的如小品、相声、评书、评话；唱的如东北大鼓、扬州清曲；似说似唱的如山东快书、萍乡春锣；又说又唱的如贵州琴书、恩施扬琴；又说又唱又舞的如二人转、凤阳花鼓，等等。曲艺是一个大家族，人丁兴旺，曲种约有四百个。

　　各个曲种独立存在，各有个性，千差万别，构成了丰富的表演元素。有说有唱，有戏有舞，有口技有反串，给人们带来不同的艺术享受。曲艺最根本的是说唱，是听觉艺术。为让听众如闻其声，如见其人，如临其境，曲艺演员必须具备坚实的说功、唱功、做功，必须具有高超的模仿力。只有这样，才能使表演惟妙惟肖，引人入胜，博得观众欣赏与赞誉。

二

　　曲艺表演深植于社会，具有鲜明的民间性和群众性。首先，它不分地方，走到哪里可以表演到哪里。演员随地随口来个单口相声，来个口技，就可令人忍俊不禁。其次，它不像戏曲那样固定角色。一个曲艺演员，可以装扮不同角色，以"一人多角"，通过说唱表现形形色色人物，叙述各种各样故事。最后，它简便易行，反应快捷。曲艺演员通常能自编自导自演，其气氛的渲染、语言的铺排、声调的把握、节奏的快慢等，进行统筹调度，导演出一个个令人心醉的精彩节目。曲艺演出，当真是可庙堂，可江湖，丰俭由人。

　　曲艺演出的自由和便利，也让它获得"文艺轻骑兵"的称号。这个从劳动中、从生活中诞生的艺术，用最通俗易懂的语言，用最活泼生动的形式，演绎历史传说，讲述人间百态，既娱乐百姓，也"教化正俗"，传播最为普世的价值观。

三

　　央视春晚舞台，就有很多曲艺表演。最为人们喜爱的是相声和小品。马季、唐杰忠、姜昆、侯耀文、郭德纲等，令人耳熟能详。有一年春晚，马季等五人一起表演《五官争锋》群口相声，既令人捧腹大笑，又引发深深思考。小品表演，更是春晚每年必备节目。赵本山、宋丹丹、陈佩斯、黄宏、潘长江等，为观众所喜爱。赵本山的小品，堪称艺坛一绝，既为曲艺增光添彩，也给普通百姓带来快乐与欢笑。

　　曲艺表演的人民性与现实性，曲艺艺术的文学性和幽默性，是曲艺的灵魂所在，是曲艺的根本所在，我们应予以着力坚持与弘扬。

关于摄影

各美其美，美人之美；

美美与共，天下大同。

——费孝通

　　关于摄影，仁者见仁，智者见智。有人说是艺术，有人说是技术。争论归争论，并不妨碍人们对它的喜爱。当下，喜欢摄影的人越来越多，走进千家万户，成为人们生活的工具，成为最简单便捷的、最通俗易懂的艺术手段。植入摄影功能的手机被广泛使用，就是活生生的例子。

一

　　很多年之前，准确些说，在我十五岁前，我并不懂摄影为何物。当时的农村，整村甚至整镇，很难寻到一台相机。记得初中毕业那年，大约是 1975 年夏天，曾经接受过高等教育的班主任，突发奇想，从县城请来照相师给大家拍集体照。面对照相师手中那听说颇为奇妙的物件，大家扭扭捏捏，躲闪着，推搡着，花了近一小时才拍照完成。数日之后，我拿到属于我的照片。照片虽是黑白的，却是真实的。我个子小，被安排在最旁边的位置，端端正正地坐在草地上。我们班级只有十九人，每个人都是清清楚楚的。就当时而言，少年的我，为班主任老师感动，也为自己感动。班主任为我们这些农村不谙世事的孩子，留下了于人世间第一次真实的影像。

当年秋天，我到县城一中就读高中。到县城不久，我就邀两个要好的同学，到县城唯一的照相馆拍个人像。那时只是好奇，并非为了纪念。以致这第一张个人像于过后不久就弄丢了，至今想来，实在有些遗憾。

二

后来我渐渐弄清，照相仅是摄影其中的一部分，摄影的功能更多，作用更大。摄影的纪实性，决定了它广泛的使用范围，如医学、科技、军事、交通、监控等。就民用摄影范围而言，我们每个人的生活，都离不开拍照。很多人都在必不可少地接触、执行和反馈摄影作品。从这一意义上说，摄影的普遍使用，使人们成为摄影家的机会更多。

正因如此，很多人花钱置办质量上佳的摄影机，或购买性能更优的手机，从事有创作意义的艺术拍照。到景区拍照，到公园拍照，任何一个地方，任何一个物事，只要有些好奇，只要有些感觉，就咔嚓一声，立此存照。有些兴趣更浓的人，于节假日间，或率一家子人，或邀三五好友，自驾到某一地方拍照。拍照摄影，成为人们最为灿烂的生活内容。

三

摄影大师安塞尔·亚当斯认为：我们不只是用相机拍照。我们带到摄影中去的是所有我们读过的书，看过的电影，听过的音乐，爱过的人。

摄影是一门感性的艺术。在那一咔嚓之间，平日被忽视的生活细节被放大了，由此产生感动，并因感动而联想许多。20世纪80年代中期，我在《求是》杂志看到一张照片，题目是"一对美国老人在长城"。内容极是简单，一对年龄七十开外的美国夫妇，身体健朗，穿着花花绿绿的衣服，挎着相机，相依相伴一起游览长城。作者想告诉人们，改革开放，引得外国人到长城来了，美丽中国有相当吸引力。我除读懂作品这层意思之外，也由此萌生一些联想。美国开放、富足，美国人面向世界朝外走的精神，很是值得我们借鉴。

摄影的意义是什么？众说纷纭，答案很多。我认为，摄影的意义在于感受生命，发现万物之美。在今天，当摄影已经成为全民行动的时候，这一意义被更多的人确认并时时展现出来。

关于楹联

千门万户曈曈日，

总把新桃换旧符。

——王安石《元日》

关于楹联，大都颇为熟悉，有些人还可随口聊出三五对楹联来。楹联，即对联，由上下联组合，俗称对子，也称对偶。用于春节，则称春联；用于诸如结婚乔迁之吉祥之事，则称之为"红联"。

楹联，极为普及，无论公侯上卿，无论草根百姓，皆为适用并且需要，深受欢迎。

一

我自懂事起就认识楹联。在我老家农村，遇到喜事，就要请人写红联，红红火火，满是吉祥。到了春节，更是家家户户都要贴上春联，辞旧迎新，期望来年。

村里会写"红联""春联"的人极受尊敬，村民们称他们是"有文化的人"。谁家办喜事，提前几天，总要将写联先生请到家里，奉上好茶，点上好烟，写上数十对红联，将主人及邻居家都全部贴上。主人充满喜庆，写联先生的脸上则洋溢出一副受尊敬的满足。

父亲喜欢"春联""红联"，也盼望我能早日成为文化人，受人尊敬。于是，我六岁时就开始练写毛笔字，十来岁就能为人写联了。每逢春节，邻居阿伯阿叔，就请我为他们写春联。父亲为我裁纸抻纸，我便开始匀墨挥毫。记得当时写的大都是"风雨送春归，飞雪迎春到""云霞出海曙，海柳渡江春"，等等。这些对联句子，都是仿着父亲为我买的一本《对联集》写的。对联寓含的意义，尚未完全悟透。那时的情景，只是觉得自己写了一些有意思的句子，做了一件让大家开心的事。

二

楹联，早在先秦就有，当时用的是雏形桃符。传说那时每逢过年，老百姓多在桃木板上画两个神（或写其名），分别称"神荼""郁垒"，悬挂于大门两旁，以便驱邪，以示阖家平安。据《山海经》记载，"神荼"与"郁垒"是一对亲兄弟，常常为民除害。因此后来人们将他们兄弟奉为"神灵"。

到了五代，有一年临近春节，后蜀末代皇帝孟昶让人用桃符写些吉庆的话。桃符交上来后，孟昶并不满意，于是亲手题两句诗，即"新年纳余庆，嘉节号长春"。这是一副对子，两边字数一样，结构相应，词性相通，内容相连。这副对子迅速流传开来。后人将此视为历史上最早的楹联。

及至宋代，楹联得到极大普及。王安石在《元日》写道："爆竹声中一岁除，春风送暖入屠苏。千门万户曈曈日，总把新桃换旧符。"明代时期，人们开始用红纸代替桃符书写楹联，贴于门旁或厅堂两边柱子。由于书写方便，也由于红纸更加喜庆，楹联进一步得到推广。

三

从五代至今，楹联已有千余年历史，也流传不少故事。有些春联，至今读来意味悠长。

明代学者解缙，善作对子。有一次，有位官员想试试他，指天出题道："天作棋盘星作子，谁人能下？"解缙略作思索作答："地为琵琶路为弦，哪个可弹？"对得绝妙，令人赞叹。

明代东林党领袖顾宪成写就一副："风声、雨声、读书声，声声入耳；家事、国事、天下事，事事关心。"勉励人们既要认真读书，又要努力做事。

清代民族英雄林则徐是近代"睁眼看世界"的第一人。他的宽阔胸怀，他的无私品格，他的敢作敢为作风，令后人称颂。林则徐题写书斋对联："海纳百川，有容乃大；壁立千仞，无欲则刚。"